A DANÇARINA DE IZU

Yasunari Kawabata

A DANÇARINA DE IZU

tradução
Carlos Hiroshi Usirono

ensaio complementar
Meiko Shimon

3ª edição

Estação Liberdade

Título original: *Izu no odoriko*
Copyright © Herdeiros de Yasunari Kawabata, 1926
© Editora Estação Liberdade, 2008, para esta tradução
© Editora da UFRGS para *O século de Kawabata*

Revisão Antonio Carlos Soares, Fabiano Calixto
e Leandro Rodrigues

Composição Johannes C. Bergmann / Estação Liberdade

Ideogramas à p. 7 Hideo Hatanaka, título da obra em japonês

Capa Obra de Midori Hatanaka para esta edição, acrílico
s/ folha de ouro

Editores Angel Bojadsen e Edilberto F. Verza

CIP-BRASIL. CATALOGAÇÃO NA PUBLICAÇÃO
SINDICATO NACIONAL DOS EDITORES DE LIVROS, RJ

K32d

Kawabata, Yasunari, 1899-1972
A dançarina de Izu / Yasunari Kawabata ; tradução Carlos Hiroshi Usirono ; ensaio
complementar Meiko Shimon. - [3. ed.] - São Paulo : Estação Liberdade, 2016.
104 p. ; 21 cm.

Tradução de: Izu no odoriko
ISBN 978-85-7448-141-8

1. Novela japonesa. I. Usirono, Carlos Hiroshi. II. Shimon, Meiko. III. Título.

16-37504

CDD: 895.63
CDU: 821.521-3

01/11/2016   04/11/2016

A Editora Estação Liberdade agradece a Editora da UFRGS pela amigável cessão
do capítulo "Biografia e obra de Kawabata Yasunari", da obra *Concepção estética
de Kawabata Yasunari em* Tanagokoro no shosetsu, de autoria de Meiko Shimon,
aqui publicado sob o título "O século de Kawabata".

Todos os direitos reservados à Editora Estação Liberdade. Nenhuma parte da obra
pode ser reproduzida, adaptada, multiplicada ou divulgada de nenhuma forma
(em particular por meios de reprografia ou processos digitais) sem autorização
expressa da editora, e em virtude da legislação em vigor.

Esta publicação segue as normas do Acordo Ortográfico da Língua Portuguesa,
Decreto nº 6.583, de 29 de setembro de 2008.

Editora Estação Liberdade Ltda.
Rua Dona Elisa, 116 I 01155-030 I São Paulo-SP
Tel.: (11) 3660 3180 I Fax: (11) 3825 4239
www.estacaoliberdade.com.br

Sumário

A dançarina de Izu   11

O século de Kawabata   61

Cronologia de Yasunari Kawabata   93

I

Seguia por uma estrada sinuosa quando notei que eu chegara, afinal, bem próximo à passagem do monte Amagi.[1] Então, vi no sopé da montanha uma forte chuva que, tingindo de branco a densa floresta de cedros, vinha em meu encalço com uma velocidade incrível.

Eu tinha dezenove anos. Vestia um *hakama*[2] sobre um quimono azul-escuro. Do colégio, trazia o boné e a mochila sobre os ombros. Era o quarto dia de viagem desde que partira sozinho para Izu.

Na primeira noite me hospedei nas termas de Shuzenji, nas duas seguintes em Yugashima e, em seguida, usando um pesado *takageta*[3], subi até aqui.

Enquanto admirava fascinado o outono estampado nas montanhas que se sobrepunham harmoniosamente às florestas virgens e vales profundos, apressava-me estrada

---

1. O monte Amagi situa-se entre Tóquio e a península de Izu. [N.T.]
2. Tipo de saia utilizada pelos homens. [N.T.]
3. Tamanco apoiado sobre duas barras de madeira, em voga entre os estudantes da época. [N.T.]

acima com uma esperança que fazia meu coração palpitar com força. Nesse momento, a chuva, que caía em grandes gotas, me fez acelerar os passos pela ladeira íngreme e tortuosa.

Ao deparar com uma pequena casa de chá no acesso norte da passagem, senti um alívio. Mas logo à entrada fiquei paralisado. Minha esperança tornou-se realidade quando vi que ali descansava uma trupe de artistas.

Ao ver-me de pé, uma das dançarinas pegou prontamente sua almofada, virou-a e colocou-a delicadamente a meu lado. Balbuciei um agradecimento, descansando o corpo sobre a almofada. A surpresa, aliada à falta de fôlego por ter subido a estrada com tanta pressa, fez com que até um simples "obrigado" ficasse preso em minha garganta.

Estava bem próximo à delicada dançarina quando retirei, ainda atordoado pela presença dela, um cigarro de minha manga. Ela pegou um cinzeiro que estava em frente à moça que a acompanhava e trouxe-o gentilmente para perto de mim.

A pequena dançarina aparentava cerca de dezesseis anos. Tinha os cabelos presos num grande penteado, cujo formato estranho e antiquado eu nunca havia visto. Fazia com que seu rosto oval e estreito se tornasse muito pequeno e, ao mesmo tempo, magnificamente harmonioso.

Tive a sensação de estar observando um desenho antigo de uma dama cujos cabelos eram exageradamente fartos.

Estava acompanhada por uma mulher que aparentava quarenta anos e que parecia comandar o grupo, duas jovens, além de um rapaz de uns vinte e cinco anos. Ele usava um *hanten*[4] com a insígnia das termas de Nagaoka.

Até aquele momento eu as havia visto duas vezes. A primeira foi quando caminhava em direção a Yugashima. Elas seguiam rumo a Shuzenji. Encontramo-nos perto da ponte Yukawa. No grupo havia três moças e, entre elas, carregando um tambor, estava a pequena dançarina. Olhei para trás muitas vezes, pensando comigo mesmo que já incorporara o espírito da viagem.

Eu estava em Yugashima e na segunda noite elas vieram para a pousada. No saguão de entrada, a pequena dançarina bailava no assoalho de madeira. Sentei-me no degrau da escada para descansar um pouco. Fitei-a deslumbrado.

Noutro dia estavam em Shuzenji e agora pernoitam em Yugashima, então amanhã é provável que atravessem a passagem do monte Amagi em direção ao sul. Será que irão para as termas de Yugano? Achei que poderia alcançá-las

---

4. Espécie de quimono utilizado por trabalhadores. [N.T.]

ao longo da estrada. Com este objetivo apressei-me pelo caminho, mas ao encontrá-las no abrigo da casa de chá fiquei muito embaraçado.

Logo em seguida, a senhora responsável pela casa conduziu-me a outro aposento. Aparentemente não havia muita coisa, nem mesmo divisórias. Ao se olhar para baixo, via-se um lindo vale, tão profundo que minha visão mal podia alcançá-lo. Esfregava-me, tentando me aquecer. Meus dentes rangiam e meu corpo tremia de frio.

A senhora voltou para servir-me chá. Disse-lhe que estava com frio.

— Ah, o senhor deve estar ensopado! Fique aqui se aquecendo um pouco. Vamos secar suas roupas.

Procurando segurar minha mão, conduziu-me à sala de estar de sua própria residência. Lá, havia uma lareira. Ao abrir-se o biombo, uma forte onda de calor invadiu o ambiente. Fiquei de pé, hesitante, na divisória entre os dois aposentos.

Perto da lareira, um velho muito pálido que mais parecia um afogado estava sentado com as pernas cruzadas. Tinha os olhos amarelados e até mesmo suas pupilas tinham aspecto mórbido. Sem ânimo, virou-se em minha direção. Ao redor de seu corpo, havia uma montanha de cartas e envelopes velhos. Poderia se dizer que o velho estava literalmente enterrado debaixo daquela papelada toda. Fitei aquela cena e custei a crer que ali pudesse haver alguma vida.

— Perdoe-me por apresentá-lo desta maneira. Não se preocupe, é meu avô. Ele não pode se mover por causa de sua condição e tem suportado tudo com paciência.

Após se desculpar, explicou que o velho convalescia de uma paralisia havia longos anos. A montanha de papel era formada de cartas vindas de várias regiões e também por envelopes contendo remédios. Nestas cartas se lia sobre todo tipo de tratamento contra paralisia. O velho ouvia com esperança e atenção os viajantes que percorriam a região e todas as formas possíveis de tratamento para derrame, não desconsiderando nenhuma, e lhes solicitava os respectivos medicamentos. Sem desfazer-se daquelas cartas e envelopes, colocava-os à sua volta, passando seus dias a olhá-los obstinadamente. Isso até hoje. Em todos esses anos, construiu uma pilha de papéis inúteis. E cultivou uma esperança vã.

Não encontrei palavras para responder àquela senhora. Sentado do outro lado da lareira, assenti. Um carro que atravessava a montanha fez a casa estremecer. Apesar de ser outono, estava muito frio. Em pouco tempo a passagem estaria coberta de neve. Questionei-me sobre a razão que fazia o velho agir assim.

O calor da lareira era tão intenso que meu quimono exalava vapor e minha cabeça começou a doer. A senhora, que voltara para a casa de chá, agora conversava com as mulheres da trupe de artistas.

— Então a criança que você trouxe da última vez já se tornou uma bela menina! E você também está ótima. Ficou realmente muito bonita. Essas meninas crescem rápido demais!

Cerca de uma hora mais tarde, ouvi ruídos que denunciavam a partida da trupe. Estava intranquilo. Em consequência da excitação toda, não consegui sequer forças para me erguer.

"Estão acostumadas com viagens. Mas são mulheres e, afinal, em um ou dois quilômetros consigo alcançá-las", pensei inquieto. Porém, o fato de não estarem mais por perto fez com que minha imaginação começasse a dançar vivamente. Perguntei então à senhora que as conduzira até a sala:

— Aquelas dançarinas... Onde passarão a noite?

— Aquelas lá, senhor, quem saberá onde? Havendo clientes, podem parar em qualquer lugar — respondeu-me.

As palavras daquela senhora escondiam certa dose de ironia e desprezo. "Se isso fosse verdade, poderia fazer com que a pequena dançarina dormisse em meu aposento esta noite", pensei. A possibilidade fez meu coração se incendiar ainda mais.

— A chuva forte ficou agora mais fina e clareou a passagem. Espere mais dez minutos que o céu vai se abrir completamente — disse a senhora, retendo-me. Todavia, não conseguiria me manter sentado por muito mais tempo.

— Vovô, cuide-se. Ainda esfriará muito — disse de coração, e parti.

O velho moveu lentamente seus olhos amarelados e assentiu levemente.

— Senhor, senhor! — chamava a mulher que vinha atrás de mim tentando devolver o dinheiro que lhe deixara. — É muito, o que recebemos. Não tenho palavras...

Apesar da minha recusa, segurou minha mochila com firmeza e não aparentava a mínima intenção de soltá-la. Sem me dar ouvidos, disse que queria me acompanhar até o túnel da passagem do monte Amagi. Seguiu-me insistentemente por cerca de cem metros, sempre repetindo a mesma frase:

— É muito! Nós não fizemos absolutamente nada. Da próxima vez que vier, agradeceremos humildemente. Volte sem falta um dia. Nunca o esqueceremos.

Eu deixara somente uma moeda de cinquenta sens. Senti muita pena e quase derramei lágrimas. Entretanto, queria alcançar as dançarinas rapidamente. Os passos lentos da senhora causavam certo desconforto e estavam me atrasando. Chegamos enfim ao túnel.

— Muito obrigado. Seu avô está só. Volte para casa

e faça-lhe companhia. — Quando eu disse isso, a velha mulher finalmente soltou minha mochila.

Ao penetrar a escuridão, senti gotas geladas desabarem em compasso sobre mim. A pequena luz ao final do túnel era a saída que me levaria a Izu.

II

Uma cerca branca costurava um lado da estrada da passagem do monte Amagi desde a saída do túnel e fluía encosta abaixo tal qual um rio. Como que observando uma maquete, vi as silhuetas dos artistas no sopé da montanha. Pude alcançá-los já que estavam a menos de seiscentos metros.

Todavia, não podia afrouxar os passos repentinamente e acabei ultrapassando-os com muita frieza. Cerca de vinte metros adiante, o rapaz da trupe, ao me ver, parou.

— Seus passos são rápidos, hein? Felizmente o céu clareou — disse ele.

Aliviado, passei a caminhar a seu lado. Perguntou-me várias coisas. Vendo-nos conversando, as moças apressaram seus passos e juntaram-se a nós.

Ele carregava um enorme cesto nas costas e a mulher, única senhora do grupo, levava em seu colo um pequeno cão. As moças traziam cada qual uma grande peça de bagagem. A mais velha das três jovens levava um *furoshiki*[5],

---

5. Pano quadrado de seda ou de algodão usado para embrulhar e carregar objetos. [N.T.]

e outra garota, um cesto. A pequena dançarina carregava seu tambor e o respectivo suporte. Passado algum tempo, a mulher veio conversar comigo.

— O rapaz é estudante — sussurrou a mais velha delas para a pequena dançarina.

Ao me virar, percebi que riam. Continuaram:

— É mesmo?

— Sei disso porque os estudantes vêm com frequência à ilha de Oshima — completou a moça.

Era uma companhia de artistas dançarinos do porto de Habu, em Oshima, uma das ilhas de Izu. Saíram da ilha na primavera e estavam em viagem desde então. Entretanto, disseram que por causa do frio e por estarem despreparados para o inverno passariam dez dias em Shimoda. E das termas de Ito voltariam para a ilha.

Quando ouvi o nome Oshima, de pronto imaginei um poema e, mais uma vez, fitei os belos cabelos da pequena dançarina. Perguntei-lhe várias coisas a respeito da ilha.

— Muitos estudantes vão nadar lá — disse ela à mulher a seu lado.

— No verão, não é? — perguntei, virando-me para elas.

— No inverno também — respondeu a pequena dançarina, um pouco espantada e com a voz tênue.

— Mesmo no inverno?

A pequena dançarina olhou para a mulher e riu.

— Pode-se nadar no inverno também? — repeti.

A pequena dançarina enrubesceu e, com uma expressão séria, assentiu levemente.

— Essa menina é uma tola — disse a mulher, rindo.

Para chegar até Yugano passa-se por uma descida de uns doze quilômetros. Então, segui ao longo do vale do rio Kawazu. Atravessando a passagem, as cores da montanha e do céu fizeram-me sentir como se estivesse no sul.

Continuei a conversar com o rapaz e aos poucos ficamos mais íntimos.

Passamos por pequenas vilas, como Oguinori e Nashimoto. Quando vi no sopé da montanha os telhados de palha de Yugano, disse que queria acompanhá-los de qualquer maneira até Shimoda. Meu amigo ficou extremamente feliz.

Diante de uma pousada em Yugano, quando a mulher fez menção de se despedir, ele disse:

— Este jovem gostaria de vir conosco.

— Ora, será um prazer! Durante as viagens, precisamos de companhia. E no curso da vida, de amizades. Mas nós não somos pessoas lá muito interessantes. O senhor poderá ficar entediado — disse a mulher. — Bem, venha então descansar e tomar uma xícara de chá conosco — completou.

As moças ficaram quietas e fitaram-me um pouco encabuladas. Entramos todos juntos na pousada e subimos até o primeiro andar, para onde levamos a bagagem. O tatame e as paredes eram velhos e sujos. A pequena dançarina subiu trazendo chá e sentou-se à minha frente. Estava ruborizada e suas mãos tremiam tanto que a vasilha caiu da mesa, despejando chá no tatame.

— Ah, querida, que desagradável! Parece que esta menina entrou mesmo na adolescência — disse a mulher, jogando-lhe um pano.

A pequena dançarina pegou o trapo e, constrangida, limpou o tatame.

Ao ouvir tão rudes palavras, refleti um instante. A acolhida desta senhora me deixou feliz, mas agora fiquei chateado. De repente, examinando meu quimono, ela comentou:

— Esta roupa que o senhor está vestindo é realmente muito confortável, não? A estampa desta roupa é parecida com a de Tamiji, não é o mesmo motivo?

Ela repetiu isso várias vezes e continuou:

— Tenho um menino em idade escolar. O senhor me fez lembrar dele agora. A roupa que ele usa tem o mesmo motivo. Ultimamente, porém, ficou muito cara.

— Que ano ele cursa?

— O quinto ano do primário.

— Ah, o primário...

— Ele frequenta uma escola em Kofu. Somos de lá, apesar de estarmos aqui em Oshima há bastante tempo.

Uma hora depois, o rapaz me conduziu até outra casa de banhos. Até então, eu pensava que ficaria no mesmo lugar onde os artistas estavam hospedados. Fomos por um caminho de pedras e descemos por uma escada até nos distanciarmos cerca de cem metros da estrada.

Atravessamos a ponte sobre o riacho que margeava o lado do banho público. Do outro lado havia um jardim. Quando eu já estava imerso, o rapaz entrou na água. Disse ter vinte e três anos e que sua esposa por duas vezes perdera o bebê. O primeiro em consequência de um aborto e o outro, logo que nascera. Ele usava um *hanten* das termas de Nagaoka, portanto pensei que viesse de lá.

Seu rosto e sua conversa revelavam certa inteligência. Imaginei que viera carregando a bagagem por curiosidade ou por admiração por uma das jovens.

Assim que terminei o banho, fiz a refeição. Eu havia saído de Yugashima às oito horas da manhã e agora o relógio contava quase três da tarde.

O rapaz voltou e, vendo-me no alto, cumprimentou-me do jardim.

— Por favor, pegue isto. Compre uns caquis. Desculpe-me por jogar assim, é que estou no segundo andar — e lancei o pacote com dinheiro.

O rapaz tentou recusar e continuou andando. Mas logo retornou e pegou o embrulho.

— Não faça isso — disse, arremessando de volta o embrulho, que caiu no telhado e depois rolou para perto de mim.

Joguei-o novamente. Desta vez, o rapaz pegou-o e foi embora.

Ao entardecer, a chuva ficou mais forte. As montanhas tingiram-se de branco e perdia-se completamente a noção da distância. O riacho em frente tornou-se turvo e o barulho aumentava a cada instante. Por conta da chuva imaginei que seria pouco provável que eles viessem até ali.

Não conseguia me aquietar e fui duas, três vezes ao banho. O quarto estava um pouco escuro. Através de um recorte na divisória que separava os dois aposentos, pude ver um lampião suspenso que iluminava ambos os quartos ao mesmo tempo. Longe, eu ouvia o som do tambor que ecoava suavemente, misturado à música que a água executava céu abaixo. Abri de pronto a janela e debrucei-me para espiar lá fora. O som do tambor parecia cada vez mais próximo. O vento e a chuva açoitavam meu rosto. Fechei os olhos e agucei os ouvidos, tentando descobrir onde ela andava ou se viria para cá. Em pouco tempo consegui ouvir o som do *shamisen*.[6] Ouvi uma voz de mulher. Era, na verdade, uma alegre risada.

Percebi que os artistas haviam sido chamados para uma festa no restaurante em frente à pousada. Pude distinguir duas ou três vozes femininas e três ou quatro masculinas. Imaginei que eles viriam para cá quando a festa acabasse. Esperei. Entretanto, pareceu-me que a festa havia ultrapassado os limites da simples animação e se transformado numa farra.

As vozes das mulheres pareciam trovões cruzando o céu noturno. Fiquei ansioso e deixei a porta aberta. Permaneci sentado e imóvel. Cada vez que ouvia o som do tambor, meu coração batia mais forte, como a tentar acompanhar o instrumento. "Ah, a dançarina ainda está no banquete, e continua tocando tambor."

Toda vez que o som cessava, o silêncio se tornava insuportável. Mergulhei de corpo e alma no ruído aquoso da chuva. Será que viriam à minha procura, ou estariam ainda dançando? Por um tempo, ouviam-se passos caóticos. De repente, o silêncio novamente. Meus olhos brilhavam. Tentei enxergar na escuridão o porquê daquela quietude.

---

6. Instrumento musical japonês de três cordas e tocado com plectro de marfim, sendo a caixa de ressonância coberta com pele de gato. [N.E.]

Fechei a porta e fui dormir, mas meu coração recusava o descanso. O que estaria fazendo a pequena dançarina? Alguém a acompanharia pelo resto da noite? Mais uma vez entrei no banho. Esfreguei-me com força.

A chuva parou e a lua surgiu. Lavada pela chuva, a noite de outono brilhava intensamente. Pensei em sair do banho descalço para vê-la, mas já passava das duas horas da manhã.

III

Na manhã seguinte, um pouco depois das nove horas, o rapaz apareceu na hospedaria para me visitar. Eu havia acabado de acordar e convidei-o para irmos juntos ao banho.

O dia estava lindo e claro, lembrando um dia de verão no sul da península de Izu. Logo abaixo da casa de banhos, o riacho estava cheio e aquecia-se ao sol do outono. Minhas preocupações de ontem à noite mais pareciam um sonho, ainda assim resolvi perguntar ao rapaz.

— Ontem à noite foi muito divertido, não?

— O senhor ouviu?

— Sim, claro que ouvi.

— As pessoas dessa região fazem muita algazarra, isso me incomoda.

Ele falou de forma tão natural que acabei silenciando.

— Olhe, elas estão no banho do outro lado do rio. Perceberam que nós as vimos. Como riem!

Ele apontou em direção ao banho público, no outro lado do rio. Sete ou oito figuras surgiram vagamente em meio ao vapor. Pude ver então o vulto de uma mulher nua sair correndo da sala de banhos mal iluminada. Em frente ao vestiário, postou-se na ponta dos pés, parecendo que iria pular no rio. Com as mãos e braços bem esticados, parecia dizer algo. Não trajava sequer uma toalha. Era ela, a pequena dançarina. Observando suas pernas, que eram como tenros caules, e seu corpo alvo e bem torneado, senti meu coração mergulhar em êxtase. Por fim, soltei um profundo suspiro e sorri maliciosamente.

Era uma criança. Uma criança que ao nos descobrir em sua alegria, exibia seu corpo aos raios do sol, equilibrando-se e esticando-se completamente. Tomado por um caloroso prazer, continuei a sorrir, e minha mente purificou-se inteiramente.

A extrema beleza dos cabelos da pequena dançarina fazia com que ela aparentasse dezessete ou dezoito anos. Além disso, vestia-se como mulher... Enganei-me por completo.

Retornei com o rapaz ao meu quarto. Em seguida, a moça mais velha dentre as mulheres da trupe veio ao jardim da pousada para admirar o canteiro de crisântemos. A pequena dançarina atravessava a ponte.

A senhora do grupo saiu do banho e olhou em direção às duas. A pequena dançarina encolheu os ombros e retirou-se rapidamente com um pequeno sorriso, demonstrando que seria repreendida caso não o fizesse. A mulher veio até a ponte e gritou para mim:

— Venha nos visitar!

A moça mais velha disse o mesmo. Depois foram embora.

O rapaz permaneceu comigo até o entardecer.

À noite, enquanto jogava *go* com um atacadista ambulante de papéis, ouvi de repente o barulho do tambor que vinha do jardim da pousada. Tentei levantar-me e disse:

— Chegaram!

— E quem se importa com isso. Vamos, vamos, é a sua vez. Joguei aqui — disse o vendedor, apontando o tabuleiro. Estava concentrado no jogo.

Fiquei ansioso, pois me pareceu que os artistas já estavam de partida.

— Boa noite! — disse o rapaz, do jardim.

Saí para o corredor, acenando.

Os artistas, depois de murmurarem entre si, dirigiram-se para a entrada. Atrás do rapaz vinham as moças.

— Boa noite! — E pressionaram suas mãos contra o assoalho, cumprimentando-me como gueixas. Sobre o tabuleiro, notei a cor da derrota.

— Não tem jeito, desisto. Sinto muito.

— Ei, vamos lá! Aproveite que estou em desvantagem. E, de qualquer maneira, já estamos terminando.

O vendedor sequer olhou para os artistas. Contava as pedras do tabuleiro e insistia no jogo. As mulheres guardaram o tambor e o *shamisen* no canto da sala e iniciaram uma partida de *gomoku narabe*[7] sobre o tabuleiro de *shogi*.[8] E eu, que vencia a partida de *go*, acabei perdendo o jogo.

— Vamos, vamos, jogue! — insistia o vendedor. Porém, como eu continuava a rir sem motivo algum, ele se levantou e desistiu.

As moças aproximaram-se do tabuleiro.

— Vocês ainda irão a algum lugar hoje? — perguntei.

— Algum lugar? Não. Já terminamos — disse o rapaz, virando-se em direção a elas.

— Que bom! Que bom! — disse a pequena dançarina. — Não vamos ser repreendidos?

— Não! Até porque não iremos mesmo encontrar nenhum cliente.

Jogamos damas até passar da meia-noite.

Os dançarinos recolheram-se a seus aposentos. Eu estava sem sono. Resolvi ir até o corredor e chamar o vendedor de papéis.

---

7. Jogo de tabuleiro no qual se utilizam cinco pedras, cujo objetivo é alinhá-las em fileiras horizontais, verticais ou em diagonal. [N.E.]

8. Jogo de tabuleiro de origem chinesa. [N.E.]

— Senhor! Senhor!

— Ah! — disse com energia o homem de quase sessenta anos, saindo num pulo para fora de seu quarto.

— Vamos jogar até tarde! Vamos jogar a noite toda!

Senti-me invencível.

IV

Nós havíamos combinado partir de Yugano na manhã seguinte, às oito horas. Ajeitei a boina que comprara perto das termas e enfiei o boné do colégio no fundo da mochila. Arrumando-a nas costas, dirigi-me à hospedaria, que ficava ao longo da estrada.

O *shoji*[9] do andar superior estava completamente aberto. Subi confiante e notei que os dançarinos ainda dormiam. Por um instante fiquei confuso e parei no corredor. Ao me ver, a pequena dançarina enrubesceu e escondeu o rosto.

Ela dormira no tatame ao lado de uma outra jovem da trupe. Seu rosto ainda carregava a pesada maquiagem usada na noite anterior. O vermelho de seus lábios e do canto dos olhos estava um pouco borrado. Sua imagem sonolenta preencheu meu coração. Ainda ofuscada, virou--se escondendo a face com as mãos e escorregou sob o *futon*, ajoelhando-se no corredor.

---

9. Porta ou janela corrediça feita geralmente de bambu, trabalhada em treliça, numa armação de madeira forrada com *washi* (papel artesanal japonês feito de fibras de *kozo*, planta típica do país). [N.E.]

— Muito obrigada pela noite passada — disse ela, presenteando meus ouvidos com sua voz suave.

Ela me deixou um pouco encabulado com essa reverência.

O rapaz dormia junto à moça mais velha. Até então não imaginava que formavam um casal.

— Desculpe-nos, íamos partir hoje, mas parece que haverá outra festa esta noite e resolvemos ficar mais um dia. Se tiver mesmo que partir, nos encontramos em Shimoda — disse a mulher. E, levantando-se, completou: — Vamos ficar na pousada de Koshuya.

Fiquei sem saber o que dizer.

— Por que não vai amanhã? — perguntou o rapaz. — É sempre bom ter companhia durante a viagem. Vamos juntos amanhã.

A mulher logo acrescentou:

— Isso, vamos, assim podemos nos conhecer melhor. Partiremos de qualquer jeito, já que depois de amanhã acontecerá a cerimônia de quarenta e nove dias do falecimento do bebê. Havíamos decidido isso bem antes e queremos realizá-la de qualquer modo em Shimoda. Por conta disso apressamos nossa viagem. Não deveria lhe pedir porque o senhor não tem relação próxima conosco, mas rogo-lhe que se una a nós em uma prece depois de amanhã.

Decidi adiar a minha partida e desci.

Enquanto esperava os outros acordarem, conversei com alguns hóspedes na entrada da pousada.

O rapaz convidou-me para um passeio. Caminhando pela estrada encontramos uma ponte muito bonita ao sul. Encostado na mureta, ele me contou um pouco mais sobre sua vida. Disse que este era um grupo de artistas de Tóquio. Até hoje vão de vez em quando a Oshima fazer apresentações. De seu *furoshiki* emergia a bainha de uma espada utilizada em cena. Dentro do cesto, havia ainda vasilhas e utensílios.

— Fiz muitas coisas erradas na vida. Meu irmão mais velho cuida agora da família em Kofu. Não sou muito útil por lá.

— Pensei que você fosse das termas de Nagaoka.

— É mesmo? Aquela moça, a mais velha, é minha mulher. É um ano mais nova que o senhor. Tem dezoito anos. Durante as viagens perdeu duas crianças. A última delas ficou sem respirar logo na primeira semana. Seu corpo ainda está fraco. Aquela senhora que nos acompanha é a mãe dela. A pequena dançarina é minha irmã menor.

— Sua irmã de treze anos...

— Sim. Não me agrada que ela continue nessa vida, mas aconteceram tantas coisas... Não posso ajudá-la agora.

Depois, ele se apresentou como Eikichi. A esposa se chamava Chiyoko e a irmã, Kaoru. Yuriko, uma moça de dezesseis anos, foi a única a nascer em Oshima e era uma espécie de empregada. Eikichi fez uma expressão muito triste e seus olhos marejavam vidrados na calma do rio. Agachada e sem maquiagem, a dançarina afagava o cão na beira da estrada. Pensando em voltar para minha pousada, disse para ela:

— Vamos comigo?

— Ah, mas sozinha...

— Então traga seu irmão.

— Tudo bem. Vou daqui a pouco.

Logo depois Eikichi veio ao meu encontro.

— Onde estão as outras? — perguntei.

— Não seria bom elas ficarem fora do alcance dos olhos da mãe. Ela é muito severa.

Dali a pouco, enquanto jogávamos damas, as moças atravessaram a ponte e voltaram para a pousada. Como sempre, fizeram uma reverência respeitosa e ajoelharam-se hesitantes no corredor. Chiyoko levantou-se e disse:

— Este é meu aposento, entrem, não façam cerimônia!

Após jogarmos por quase uma hora, todos se dirigiram ao banho. Fui convidado insistentemente, mas como havia três moças jovens, eu disse, evasivo, que iria depois. Logo, a pequena dançarina subiu sozinha e me chamou.

— Venha. Chiyoko esfregará suas costas — disse a pequena dançarina, transmitindo o recado da outra moça.

Nós preferimos, no entanto, continuar jogando damas ao invés de ir ao banho.

Não esperava que ela fosse tão boa nesse jogo. Ela vencia Eikichi com facilidade e da mesma forma derrotava as outras moças. Fiquei contente em não precisar facilitar.

No início, ela movia as peças a distância, esticando os braços. Depois, envolvida mais e mais com o jogo, debruçou-se sobre o tabuleiro. Seus belos cabelos, que não pareciam naturais, quase me tocaram. De repente enrubesceu, e disse:

— Desculpe-me, serei repreendida por isso.

Moveu uma pedra e foi embora rapidamente. Chiyoko e Yuriko saíram do banho e também se foram, sem ao menos subirem até aqui.

Neste dia, Eikichi e eu nos divertimos de manhã até o entardecer. A mulher da pensão alertou-me, de uma maneira ingênua e gentil, para eu não desperdiçar comida com aquele tipo de gente.

À noite, quando fui à pousada, a pequena dançarina estava tocando *shamisen*. Vendo-me, parou de tocar. Mas a senhora do grupo disse-lhe algo e isso fez com que ela empunhasse o instrumento novamente. Toda vez que a voz saía um pouco alta, a mulher dizia:

— Já lhe disse para não erguer tanto a voz.

Eikichi foi chamado ao restaurante do outro lado da rua e recitava qualquer coisa no segundo andar. Consegui ver dali mesmo.

— O que é aquilo? — perguntei.

— É uma apresentação nô.

— Que coisa mais insólita!

— É uma casa com vários cômodos, por isso nunca se sabe ao certo o que está acontecendo.

Um comerciante de frangos de seus quarenta anos que alugara um quarto na pousada, abriu a porta, convidando as moças para uma refeição. A pequena dançarina e Yuriko, munidas de seus *hashis*, dirigiram-se para a sala ao lado. Após ter comido bastante, o comerciante trouxe o restante do cozido. Vinham em direção ao aposento, quando ele bateu levemente nos ombros da pequena dançarina.

A senhora da trupe disse com ar de reprovação:

— Ei, não toque na menina! Ela ainda é virgem!

— Senhor, senhor! — dirigia-se a pequena dançarina ao vendedor, pedindo para que ele lesse uma história para ela. Entretanto, ele se levantou e foi logo embora.

A pequena dançarina ficou com vergonha de pedir para que eu lesse a história. Então, insistia para que a mulher o fizesse. Como que esperando por isso, peguei o livro e ela chegou mais perto. Quando iniciei a leitura, ela aproximou seu rosto, quase tocando meus ombros. Ficou séria e seus olhos brilhavam. Fitava-me sem sequer piscar.

Suas lindas e intensas pupilas negras encerradas em seus grandes olhos eram de rara beleza. Suas sobrancelhas também eram belas. Lembrava uma flor sorrindo. Exatamente: uma flor sorrindo era a melhor definição.

Logo, uma pessoa do restaurante em frente veio buscá-la. Trajando uma roupa apropriada para sua apresentação, ela disse:

— Volto logo e gostaria que continuasse a ler para mim.

Saiu então para o corredor, acenou e disse:

— Até daqui a pouco.

— Não cante de jeito nenhum! — disse a senhora.

Ela pegou seu tambor e assentiu delicadamente.

A senhora virou-se para mim e disse:

— Ela está bem na época de mudança de voz.

No primeiro andar do restaurante, a pequena dançarina sentou-se e começou a tocar tambor. Pude vê-la de costas como se estivesse no aposento vizinho. O som de seu tambor fez meu coração dançar repleto de alegria.

— Quando o tambor entra em cena, o ambiente fica mais divertido — disse a senhora, olhando para a mesma direção que eu.

Chiyoko e Yuriko foram juntas ao aposento. Uma hora depois, ambas retornaram.

— Só nos deram isto — disse a pequena dançarina, despejando cinquenta sens em moedas nas mãos da senhora.

Retomei a leitura em voz alta para a pequena e doce dançarina.

Eles conversavam novamente sobre a criança que falecera durante a viagem. O bebê nasceu transparente como água. Não tinha forças nem para chorar. Mesmo assim, viveu por uma semana. Não demonstrei curiosidade, nem indiferença. Havia esquecido que era apenas um grupo de andarilhos. Minha bondade parecia ter penetrado em seus corações. Em algum momento resolveram que eu deveria visitá-los em Oshima.

— O senhor poderia ficar na casa do vovô. É grande, e se tirarmos ele de lá, terá muita tranquilidade. Pode ficar o quanto quiser e terá todo o sossego para estudar.

Conversavam entre si e, voltando-se para mim, disseram:

— Possuímos duas pequenas casas, e a da montanha está vazia.

Decidiram ainda que eu os ajudaria no espetáculo que realizariam no porto de Habu no Ano-Novo. A vida dos viajantes não era tão dura quanto eu pensava, pelo contrário, seus corações possuíam tranquilidade e espírito idílico. Percebi que todos estavam ligados por um verdadeiro e forte laço familiar. Apenas Yuriko, a empregada, parecia muito séria sempre que estávamos juntos. Talvez fosse por conta da timidez.

Deixei a pousada após a meia-noite. As jovens me acompanharam até a saída. A pequena dançarina arrumou meus tamancos e pôs a cabeça para fora para observar o céu brilhante.

— Ah, que belo luar! Amanhã estaremos em Shimoda. Que bom! Após rezarmos pelo bebê, ganharei um pente novo de minha mãe. Depois poderemos fazer várias coisas. O senhor poderia me levar ao cinema.

O porto de Shimoda era uma cidade envolvida por uma atmosfera nostálgica na qual os saltimbancos perambulavam pelas termas entre Izu e Sagami e, sob o céu da viagem, todos os cantos se tornavam suas casas.

V

Os artistas levaram consigo os mesmos pertences de quando atravessaram a passagem do monte Amagi. A mulher carregava em seus braços o pequeno cão que, apoiando nela suas patas dianteiras, parecia já estar acostumado àquelas viagens.

Deixando Yugano para trás, seguimos mais uma vez pela região montanhosa. Olhamos em direção ao sol da manhã que pairava sobre o mar e aquecia as encostas da montanha. A praia iluminada abria-se para a foz do rio Kawazu.

— Aquela é Oshima! Veja como é grande! O senhor virá com certeza, não? — disse a pequena dançarina.

O céu de outono abriu-se imenso, e o mar, muito próximo ao sol, cobriu-se de neblina como na primavera. Dali até Shimoda eram aproximadamente vinte quilômetros. Em pouco tempo o mar sumiu. Chiyoko cantava despreocupadamente.

No meio do caminho, perguntaram-me se eu queria prosseguir por um atalho um pouco mais íngreme, porém dois quilômetros mais curto e que atravessava as montanhas, ou se preferia ir pela estrada principal, que era um pouco mais confortável. Escolhi o caminho mais breve. Era uma estrada coberta de folhas caídas, dando a impressão de ser escorregadia. Mesmo sem fôlego, apressei os passos e minhas mãos chegavam a tocar os joelhos. Eles estavam ficando para trás. Podia ouvi-los conversando qualquer coisa por entre as árvores. A dançarina, erguendo seu vestido, veio correndo em meu encalço. Andou um tempo atrás de mim, mantendo-se distante, sem avançar nem recuar. Quando eu me voltava para conversar, ela respondia estática e com um sorriso amedrontado. Quando falava, eu a esperava se aproximar, mas ela sempre acabava afrouxando os passos até eu começar a andar novamente.

A estrada era tortuosa. Mais e mais a dançarina apressava os passos num esforço para subir, entretanto mantinha sempre a mesma distância. Fazia silêncio em tudo. Os outros estavam bem atrás e não conseguíamos mais ouvir o que falavam.

— Em que lugar de Tóquio fica sua casa? — perguntou ela.

— Moro no dormitório do colégio.

— Eu conheço Tóquio. Fui uma vez admirar a floração das cerejeiras e dançar. Na época era muito pequena e não me lembro de muita coisa.

Então, indagou-me:

— O senhor tem pai? Já esteve em Kofu?

As perguntas continuavam, ela queria saber de várias coisas. Conversamos sobre irmos ao cinema em Shimoda e a propósito do falecimento do bebê. E, finalmente, atingimos o cume da montanha.

A pequena dançarina descansou sobre o capim seco, deitou o tambor e enxugou o suor com um lenço. Depois, tentou retirar a poeira dos pés. Ao limpar a borda do meu *hakama* fui puxado de repente, e a dançarina então se ajoelhou. Ainda agachada, limpou à minha volta abaixando a bainha, que estava levantada. Respirando profundamente, disse-me: — Sente-se, por favor.

Ao sentar-me um pouco, um bando de passarinhos cruzou em revoada. Pousaram tão silenciosamente nos galhos, que ouvi apenas o farfalhar das folhas secas tocadas pelo suave vento de seu voo.

— Por que anda com tanta rapidez?

Parecia que a pequena dançarina estava com calor. Bati com o dedo no tambor e os passarinhos debandaram assustados.

— Estou com sede! Vou procurar água — disse ela e, logo em seguida, surgiu em meio às árvores amareladas com um ar sereno.

— O que você fazia quando estava em Oshima? — perguntei.

Então, inesperadamente, citou dois ou três nomes femininos, contando uma história que eu não conseguia entender. Não era nada relacionado com Oshima. Pareceu-me algo que havia ocorrido em Kofu. Tratava-se de uma amiga que passara para o segundo ano primário. Estas lembranças cruzavam a conversa. Cerca de dez minutos depois, as outras moças também alcançaram o topo. A senhora chegou dez minutos mais tarde.

Durante a descida, eu e Eikichi atrasamos a partida de propósito para conversarmos com mais tranquilidade. Depois de andarmos uns trezentos metros, a pequena dançarina subiu correndo e nos alcançou.

— Encontramos uma fonte lá embaixo. Vá sem demora. Esperaremos pelo senhor sem beber nenhuma gota.

Ouvindo a palavra água, corri. Sob a sombra de uma árvore, afluía pelo recesso de uma rocha a água cristalina. As mulheres estavam de pé em volta da fonte.

— Beba primeiro. Se tocarmos a água, ela se turvará. Além disso, é mais conveniente que as mulheres bebam depois — disse a senhora.

Com as mãos em forma de concha, sorvi aquela água gelada. As mulheres não queriam deixar facilmente aquele lugar. Refrescaram-se com lenços, retirando o suor de seus corpos.

Descendo a montanha, chegamos à estrada que leva a Shimoda. Vimos várias fileiras de fumaça vindas das carvoarias. Descansamos sobre um tronco ao lado da estrada. A pequena dançarina penteava os pelos do cão com um pente cor de pêssego.

— Os dentes vão quebrar — disse a senhora.

— Não faz mal, ganharei um novo quando chegar a Shimoda.

Ela queria, desde quando estávamos em Yugano, ganhar um pente novo. De qualquer maneira, achei muito estranho ela usar o pente para escovar os pelos do cão.

Do outro lado da estrada havia vários fardos de bambu. Eu disse que os bambus eram perfeitos para se usar como bengala. Eu e Eikichi paramos e a pequena dançarina veio correndo em nossa direção e logo pegou um bambu grosso e comprido, mais alto que ela própria.

— O que vai fazer? — perguntou Eikichi.

Meio atrapalhada, ela me cutucou.

— Vai dar uma boa bengala para o senhor. Escolhi o mais grosso.

— Não. É muito grande, notarão que foi roubado. Se a virem, estará em apuros, portanto devolva isso.

A pequena dançarina colocou-o de volta no fardo e voltou correndo. Trouxe-me um outro, desta vez da grossura de um dedo médio. Depois, inclinada sobre o sulco formado pelo arrozal, esperou as mulheres com a respiração ofegante. Eu e Eikichi continuamos a andar. Estávamos uns vinte passos à frente delas.

— Isso não é nada. Se arrancar, ele pode colocar um dente de ouro.

A voz da pequena dançarina de repente me fez virar. E lá estava ela, caminhando ao lado de Chiyoko. A senhora e Yuriko estavam um pouco mais atrás.

— É. E se o avisássemos? Que você acha? — disse Chiyoko, sem perceber que eu tinha me virado em direção a elas. Pareciam referir-se a mim. Estavam obviamente falando de meu dente torto.

Chiyoko disse alguma coisa não muito agradável a respeito de meu dente e a pequena dançarina propôs que eu o trocasse por um de ouro. Seu rosto parecia dizer tudo, mas isto não me incomodou. Aparentava uma sensação de intimidade. Uma voz tênue ainda ecoava. Então a ouvi dizer:

— É uma boa pessoa.

— Realmente, parece uma boa pessoa.

— Com certeza, uma boa pessoa. Que bom!

Este diálogo não cessava. Eram vozes propagando um sentimento puro. Passei a me sentir verdadeiramente uma boa pessoa.

Apesar da forte claridade, ergui os olhos e admirei as montanhas. Estavam tão brilhantes que senti um leve incômodo nos olhos.

Ao chegar aos dezenove anos, comecei a refletir sobre minha personalidade solitária. Não suportando essa melancolia, parti para a viagem em direção a Izu. Portanto, o fato de pessoas comuns me verem como uma boa pessoa era para mim muito gratificante. As montanhas continuavam a emitir uma forte claridade. Sinal de que Shimoda e o mar estavam próximos.

Pelo caminho, eu ia cortando os brotos das ervas de outono com meu bambu.

Em vários trechos havia placas onde se lia: "Proibida a entrada de mendigos e artistas."

VI

Koshuya era uma hospedaria barata, situada em frente à entrada norte que nos levaria a Shimoda. Seguindo atrás da trupe, subi ao primeiro andar, que mais parecia um sótão. O teto não possuía forro e era tão baixo que quase batia em nossas cabeças. Sentamos próximos à janela que tinha vista para a rua.

— Seus ombros, não estão doendo? — perguntou a senhora para a dançarina, querendo certificar-se de que estava tudo bem. — E suas mãos?

A pequena dançarina, por sua vez, fazia gestos muito bonitos como se estivesse tocando tambor.

— Não estão doendo. Veja, estou tocando, estou tocando!

— Que bom!

Tentei erguer o tambor.

— Céus! Que pesado!

— Isso é mais pesado do que o senhor pensa. Pesa mais que sua mochila — disse rindo.

Os artistas trocavam animados cumprimentos com as pessoas que encontravam pela hospedaria. Eram, basicamente, mercadores e saltimbancos. O porto de Shimoda mais parecia um ninho de aves migratórias. A pequena dançarina dava algumas moedas de cobre às crianças que entravam esbaforidas. Quando eu estava prestes a ir embora, ela se antecipou, arrumando meus tamancos na porta de saída.

— O senhor me levará ao cinema? — murmurou novamente.

Eu e Eikichi, guiados até a metade do caminho por um sujeito mal-encarado, seguimos em direção a uma pousada que diziam ser de um ex-prefeito. Tomamos banho e depois comemos peixe fresco.

— Compre flores para a cerimônia de amanhã — disse, dando a Eikichi algum dinheiro.

Na manhã seguinte eu precisaria tomar o navio para Tóquio. O dinheiro da viagem já estava quase no fim. Disse que em função do colégio infelizmente não poderia acompanhá-los.

Jantei três horas após ter almoçado. Sozinho, atravessei a ponte que me levaria ao norte de Shimoda. Subi o Monte Fuji e admirei o porto. No caminho de volta, passei pela hospedaria Koshuya. Nesse momento, os dançarinos jantavam um cozido de frango.

— Coma pelo menos um pouco — disseram.

— Nós já nos servimos, mas não há problema, será bem agradável tê-lo conosco — disse a mulher, tirando do cesto uma tigela e um par de *hashis* e pedindo para Yuriko lavá-los.

No dia seguinte aconteceria a cerimônia em memória ao falecimento da criança e elas pediram para que eu adiasse minha partida por mais um dia. Todas insistiram, mas não aceitei, usando o colégio como desculpa.

— Então nas férias de inverno iremos buscá-lo de navio — disse a senhora repetidas vezes. — Diga-nos o dia e o esperaremos. E o senhor ficará conosco, não permitiremos que se hospede em outro lugar.

Apenas Chiyoko e Yuriko estavam no quarto. Então, convidei-as para ir ao cinema. Chiyoko massageava seu ventre.

— Não me sinto muito bem, andamos muito e acabei ficando exausta.

Ela estava pálida. Yuriko ficou cabisbaixa. A pequena dançarina brincava com as crianças lá embaixo. Quando me viu saindo, pediu para a senhora também deixá-la ir ao cinema. Voltou decepcionada e arrumou meus tamancos.

— O quê? Não seria bom se alguém a levasse? — disse Eikichi.

Mas parecia que a senhora não concordava. Por que ela não poderia ir sozinha? Eu realmente não entendi.

Quando estava prestes a sair, a pequena dançarina afagava a cabeça do cão. Estava com uma expressão séria e não disse uma única palavra. Ergueu seu rosto, mas parecia não ter coragem de olhar para mim.

Acabei indo sozinho ao cinema. A narradora lia os diálogos sob a luz de uma lamparina. Não demorei muito e logo retornei à hospedaria.

Apoiei os cotovelos sobre o parapeito da janela e observei a noite da cidade por um longo tempo. Era uma cidade escura. Tive a impressão de ouvir o suave som do tambor ao longe. Sem motivo aparente, lágrimas escorreram de meus olhos.

VII

Às sete horas da manhã seguinte, enquanto preparava o desjejum, Eikichi chamou-me da rua. Ele vestia um *haori*[10] negro estampado. Parecia usá-lo especialmente para minha despedida. As mulheres não o acompanhavam. De repente senti-me só.

Eikichi subiu até meu quarto e disse:

— Todos queriam muito se despedir de você, mas foram dormir tarde e não conseguiram acordar. Perdoe-nos. Esperamos revê-lo no próximo inverno.

Com seu hálito gelado, o vento outonal deixou o ambiente muito frio.

Pelo caminho, Eikichi presenteou-me com quatro maços de cigarros da marca Shikishima, alguns caquis e pastilhas de menta Kaoru.

— É porque minha irmã se chama Kaoru — disse ele com um leve sorriso. — Laranjas são muito indigestas

---

10. Traje curto que se veste sobre o quimono. [N.E.]

no navio e caquis são bons para enjoo. Você poderá comer sem nenhum problema.

— Toma, é para você.

Tirei a boina e ajustei-a na cabeça de Eikichi. Depois, tirei da mochila o boné do colégio. Enquanto eu tentava desamarrotar o boné, rimos bastante.

Ao me aproximar do píer, meu coração deu um sobressalto ao ver a pequena dançarina agachada perto da borda. Enquanto me aproximava, ela olhava o mar fixamente. Em silêncio, permitiu minha aproximação. A maquiagem era a mesma da noite anterior, deixando-me mais emocionado. O carmim que contornava seus olhos revelava uma certa ira, um ar de valentia infantil.

— As outras vêm? — perguntou Eikichi.

A pequena dançarina balançou levemente o rosto.

— Elas ainda estão dormindo? — insistiu.

Ela acenou afirmativamente com a cabeça.

Enquanto Eikichi comprava os bilhetes, tentei iniciar uma conversa, mas ela mantinha o olhar fixo no canal que adentrava o mar. Não disse nada. Apenas concordava com cada palavra antes mesmo que eu terminasse a frase.

Então, de repente:

— Vovó, acho que aquela pessoa serve — disse, aproximando-se de mim, um rapaz que parecia ser um operário.

— O senhor estudante vai para Tóquio? Vi-o de longe

e gostaria de saber se o senhor poderia, encarecidamente, levar esta pobre senhora até lá? Coitada! Seu filho trabalhava nas minas de prata de Rendaiji, mas ele e a esposa morreram por causa da epidemia de gripe. Deixaram três netos. Não tendo outro jeito, decidimos enviá-la de volta à sua terra natal. Ela é de Mito e não conhece nada de Tóquio. Chegando a Reiganjima, embarque-a, por favor, no trem que vai para a estação de Ueno. Eu lhe imploro, senhor.

Nas costas da velha havia um recém-nascido e, segurando cada uma de suas mãos, duas meninas. A mais nova aparentava ter uns três anos e a mais velha, cinco. Pude ver algumas conservas de *ume*[11] embrulhadas num sujo *furoshiki*. E também um grande bolo de arroz. Cinco ou seis mineiros consolavam a velha. Resolvi aceitar sua guarda.

— Muito obrigado. Para nós seria impossível acompanhá-la até Mito.

Depois, os mineiros, um a um, prestaram-me uma reverência.

O bote balançava muito. A pequena dançarina comprimia seus lábios com força e olhava fixamente numa única direção. Enquanto tentava me guiar pela escada de

---

11. Ameixeira-do-Japão — *Prunus mume*. Árvore frutífera e ornamental da família das rosáceas. Seu fruto é muito azedo e, por conter toxina, não é comestível em estado puro. Por isso, produz-se a conserva *umeboshi*. [N.E.]

cordas do navio, me virei. Ela parecia querer dizer adeus, mas desistiu. Ainda uma vez expressou-se apenas com um delicado movimento de cabeça.

O bote retornou. Eikichi acenava com a boina que eu havia lhe dado de presente. Já a certa distância, vi a pequena dançarina acenando com alguma coisa branca.

O pequeno navio saiu de Shimoda em direção ao mar aberto, até que o extremo sul da península de Izu se dissipasse por completo. Apoiei-me sobre a balaustrada e, maravilhado, fitei a ilha de Oshima. Parecia que a separação da pequena dançarina tinha ficado num passado muito distante. Longe.

Preocupado com a velha senhora, fui espiar o salão. As pessoas estavam sentadas à sua volta e pareciam consolá-la. Fiquei tranquilo e entrei no salão vizinho. O mar estava agitado.

Sentado, balançava ora para a direita, ora para a esquerda. Um tripulante distribuía vasilhas de metal para enjoo. Fiz de minha mochila um travesseiro e me deitei. Minha mente estava vazia e não vi o tempo passar. Lágrimas mornas umedeciam meu rosto. Minha pele estava tão gelada que resolvi virar a mochila. A meu lado estava estendido um garoto. Era filho de um industrial de Kawazu e ia para Tóquio cursar o preparatório. Como eu usava o boné do colégio, atraí sua atenção.

Passado algum tempo de conversa, perguntou:

— Alguma coisa o entristece?

— Não, apenas acabei de me despedir de uma pessoa.

Falei de forma pura e sincera. Apesar de estar chorando na frente de um desconhecido, não me envergonhei.

Não pensava em absolutamente nada. Dormi tranquilamente envolvido por um indescritível frescor. Não percebi que o entardecer chegara ao mar, mas pude ver as luzes de Ajiro e Atami. Senti frio e fome. O estudante então abriu seu embrulho de folhas de bambu e o estendeu para mim. Esquecendo de que se tratava de algo que não era meu, servi-me fartamente de *norimaquis*[12], depois me enrolei em seu manto. Recebi sua gentileza com muita naturalidade e com uma sensação agradável.

No dia seguinte, pela manhã, levaria a velha senhora até a estação de Ueno e lhe compraria um bilhete até Mito. Era uma questão urgente.

Tudo parecia estar em perfeita harmonia. No salão, o lampião se apagou. O mar e o peixe fresco amontoado no navio exalavam um cheiro muito forte.

Em meio à escuridão, enquanto me aquecia com o calor do corpo do estudante a meu lado, meus olhos

---

12. Bolinhos de arroz enrolados em algas. [N.T.]

converteram-se em dois pequenos oceanos cercados por todos os lados pela minha face. Minha mente parecia estar se transformando em fonte de água pura que, como a vida, se derramava gota a gota. Por fim, sobrou o doce sentimento de nada mais restar.

O século de Kawabata

POR MEIKO SHIMON*

Os estudos relacionados ao escritor Yasunari Kawabata desenvolvidos no Japão costumam dispensar algumas considerações sobre a formação de sua personalidade, referindo-se apenas a sua conturbada infância. De fato, é raro um trabalho de análise de sua obra não remeter às questões de sua orfandade precoce, da "morte dos avós", de "sua busca da imagem da mãe", entre outras questões. O próprio Kawabata, que afirmava sentir-se embaraçado ao falar de si mesmo, escreve, em 1934, atendendo a um convite da revista *Shinshicho* (*Novas ideologias*), uma crônica autobiográfica intitulada "Bungakuteki jijoden" ["Autobiografia literária"], esclarecendo

---

* Meiko Shimon nasceu em Kyoto em 1940 e se mudou para o Brasil em 1953. É mestre em Língua, Literatura e Cultura Japonesa pela USP. Foi professora-colaboradora da UFRGS na área de literatura japonesa. Recebeu o prêmio O Sul, Nacional e os Livros de melhor tradução do ano por *Kyoto* (Estação Liberdade, 2006). O presente texto integra a obra *Concepção estética de Kawabata Yasunari em* Tanagokoro no shosetsu [Contos que cabem na palma da mão], Editora da UFRGS, 2000.

diversos aspectos de sua infância e a suposta relação desta com sua literatura.

Entre os pesquisadores da vida e obra de Kawabata, podemos citar Izumi Hasegawa, precursor e o mais conceituado no assunto, tanto pela qualidade e profundidade das análises quanto pela quantidade de publicações sobre o autor, que costuma abordar o reflexo da vivência pessoal do escritor em suas obras. Teiji Yoshimura procurou caracterizar a visão estética de Kawabata dentro da tradição cultural japonesa em *Yasunari Kawabata — Bi to dento* [*Tradição estética em Yasunari Kawabata*] e demonstrou que esta sua característica fora cultivada basicamente pelas leituras da infância e adolescência. Toshio Matsuzaka, autoridade nos estudos de *Tanagokoro no shosetsu*, dedicou um capítulo de *Tanagokoro no shosetsu kenkyu, 1983* [*Pesquisas sobre Tanagokoro no shosetsu*] voltado à análise da infância do escritor.

Essa tendência é compreensível, já que a literatura japonesa moderna traz uma tradição de romances confessionais e intimistas (*shishosetsu*), para a qual sempre é importante conferir na obra de ficção "até que ponto estaria ela baseada na realidade" e se existem ou não "modelos" para seus protagonistas. Embora Kawabata não tenha sido qualificado como um escritor do gênero *shishosetsu*, frequentemente utilizava como fonte de sua obra a própria experiência ou os fatos reais, o que tem encorajado os estudiosos a prosseguir nessa linha de pesquisa.

A breve biografia e a análise das obras representativas de Kawabata desenvolvidas a seguir foram baseadas principalmente nos trabalhos de Kiyoto Fukuda (1990) e de John Lewell (1993), devido à abrangência de suas críticas e reflexões concernentes às principais obras do escritor, inclusive aos fatos literários marcantes de sua época.

Infância e formação

Yasunari Kawabata nasceu na cidade de Osaka, em 14 de junho de 1899. Seu pai era médico, apaixonado pela literatura e pela arte. Porém, acometido de tuberculose, morreu antes do filho completar dois anos de idade. Um ano depois, foi a vez de sua mãe falecer, vítima do mesmo mal. Presume-se, pois, que seus pais não tiveram nenhuma participação direta em sua formação artística. Contudo, a busca das imagens do pai e da mãe é um dos temas recorrentes do escritor. Após a morte da mãe, o menino foi criado pelos avós maternos que moravam no interior da província de Osaka. Sua única irmã, quatro anos mais velha, fora entregue aos cuidados dos tios. Ela morrera ainda na adolescência, por isso Kawabata só a veria uma única vez, no dia do enterro da avó. Desde então, ele viveu até os quatorze anos em companhia do avô, que era cego. Quando este também faleceu, teve que enfrentar sozinho a dor de sua morte.

Os pesquisadores são unânimes em considerar que as experiências de tantas perdas precoces de entes familiares deixariam marcas profundas na vida do escritor. Sobretudo, o fato de desconhecer o semblante de sua mãe — pois dela não restara nenhuma fotografia — e de possuir apenas uma vaga lembrança de sua irmã levaria Kawabata a sonhar com uma espécie de "adoração à virgem eterna" (Yoshimura, 1968, p. 29). Todavia, ele próprio rejeitava tal ideia e preferia acreditar ter superado todos esses infortúnios, afirmando que havia alcançado maturidade emocional para registrar a morte do avô em seu diário.

Quanto à veracidade de sua declaração acerca de *Jurokusai no nikki*[1], as opiniões se dividem. De acordo com o próprio autor, ele reencontrou o manuscrito da época da morte de seu avô e o publicou em 1925 "sem introduzir

---

1. A idade contada do modo tradicional japonês: criança ao nascer tem um ano e em cada 1º de janeiro ganha-se um ano a mais, ou seja, ele tinha quinze anos incompletos na época da morte do avô.

nenhuma alteração". Entretanto, a crônica é um trabalho artístico de excepcional qualidade, na qual já se nota com bastante evidência o aflorar de seu estilo modernista.

Donald Keene, um dos maiores conhecedores ocidentais de cultura e literatura japonesa, considera que a crônica possui "uma extraordinária evocação das relações entre o menino e o ancião em seu leito de morte" e observa que "Kawabata se expressa com uma infalível escolha de detalhes", expressando os sentimentos de amor e desgosto que a agonia do avô lhe despertava (1995, p. 206, 207).

Desde cedo, demonstrara gosto pela literatura e, além de ler tudo o que lhe caía em mãos, aos treze anos, quando era aluno do curso ginasial, organizara uma coletânea de dois volumes de seus "poemas novos" — poemas em estilo ocidental. Não é possível, hoje, conhecer o conteúdo dessa coletânea, porém restam diversas cartas e manuscritos da época que comprovam a habilidade de sua escrita. Data desse período seu interesse pelas obras clássicas japonesas.

Após a morte do avô, tornou-se interno do colégio que frequentava e teve a oportunidade de conviver com outros rapazes também apaixonados por literatura. Já nessa época, Kawabata havia tomado a decisão de tornar-se escritor e começava a enviar poemas e romances experimentais para as páginas literárias de jornais e revistas locais que, pelo menos no início, foram quase sempre recusados. Mesmo assim, aos dezessete anos já tinha vários de seus contos publicados.

Em 1917, mudou-se para Tóquio e, depois de frequentar os três anos do colegial, ingressou no curso de Literatura Inglesa da Universidade Imperial de Tóquio, trocado mais tarde pelo curso de Literatura Japonesa. Por volta de 1920, conheceu o escritor Kan Kikuchi (1888--1948), então muito em voga, cuja influente posição no mundo literário japonês seria ocupada décadas mais tarde pelo próprio Kawabata. Kikuchi, que era muito perceptivo aos novos talentos e os encorajava, encaminhando-os para a carreira literária, ficou deslumbrado com "Shokonsai ikkei", 1921 ["Uma cena do Festival de Evocação aos Espíritos"][2], sua primeira obra elogiada pela crítica, e encarregou-se de introduzi-lo nos círculos literários da capital. Foi através dele que Kawabata travou contato com Riichi Yokomitsu (1898-1947), na época ainda pouco conhecido, mas já considerado por Kikuchi um gênio da nova literatura. A partir de então, os dois tornaram-se grandes amigos. Tal amizade durou por toda a vida e, sem dúvida, quem mais ganhou com isto foi Kawabata, pela audácia e inteligência penetrante de Yokomitsu.

---

2. Shokonsai: celebração xintoísta de evocação à alma dos mártires às causas da pátria. Desde a Restauração Meiji, é celebrada no Templo Gokokuji de Tóquio.

Nessa época, o autor de *Contos da palma da mão*[3] já participava ativamente dos movimentos literários modernistas, sob forte influência do Ocidente. Em 1924, juntamente com Yokomitsu e outros amigos, criou o periódico literário *Bungei Jidai* (*Era da arte literária*), que propunha inovar a literatura japonesa. Um ano antes, Kan Kikuchi reuniu jovens talentos, inclusive Yokomitsu e Kawabata, e fundara o periódico *Bungei shunju* (*Quatro estações da arte literária*). O jornal obteve um sucesso notável, tornando-se símbolo de *status* intelectual, ainda hoje conceituado e exercendo grande influência.

Aos dezenove anos, fez uma viagem pela região de Izu, península a oeste de Tóquio. Lá conheceu um grupo de artistas ambulantes, e tal convivência lhe deixara ótimas impressões. Oito anos mais tarde, em 1926, baseado nessa experiência, escreveu *A dançarina de Izu* (*Izu no odoriko*), ganhando a consagração que lhe garantiu um lugar definitivo no mundo literário japonês. Embora Kawabata não se sentisse à vontade ao falar sobre sua vida particular, não foram poucas as ocasiões, como numa das passagens de *A dançarina de Izu*, em que declarou sofrer de um "complexo de inferioridade por ser órfão". A experiência vivida em Izu, a amizade com os artistas,

---

3. Tradução de Meiko Shimon. São Paulo: Estação Liberdade, 2008.

O SÉCULO DE KAWABATA

especialmente com a pequena dançarina de treze anos, proporcionou-lhe, por assim dizer, a reconciliação de sua alma com a humanidade.

A dançarina de Izu foi baseado em suas anotações autobiográficas, intituladas *Yugashima no omoide* [*Recordações de Yugashima*], obra que nunca chegou a ser publicada, pois o manuscrito mais tarde fora destruído pelo autor. Contudo, segundo Lewell, no processo de aprimoramento do texto, o escritor imprimiu seu próprio estilo literário. Características como sua predileção pelo tema do "amor impossível", a delicada justaposição de ideias e imagens, a súbita mudança de ambiente, entre outras que seriam desenvolvidas em suas obras posteriores, acham-se todas presentes nesta novela (Lewell, 1993, p. 153).

Períodos criativos

Costuma-se classificar as obras de Kawabata em pelo menos três períodos, de acordo com a época em que foram criadas. O primeiro, que vai do início de sua produção até os trinta e quatro anos, abrange o momento dos movimentos modernistas, que contam com sua participação sempre ativa; o segundo vai de 1934 até o fim da

Segunda Guerra Mundial e é chamado de "Período do *País das neves*[4] (*Yukiguni*)", devido à obra que marca seu ponto culminante, embora este romance fosse concluído somente em 1947; e o último período compreende o término da Segunda Guerra Mundial até o fim de sua vida, em 1972.

O primeiro período foi extremamente fértil. Uma das criações mais importantes foi o conjunto de histórias brevíssimas chamado *Contos da palma da mão* (*tanagokoro* ou *tenohira no shosetsu*), gênero muito apreciado pelo autor. "Muitos escritores quando jovens compõem poemas. Eu escrevi os contos da palma da mão", declarou em várias ocasiões (Matsuzaka, 1983, p. 5). Ao longo de sua vida, escreveu nada menos do que cento e quarenta e oito desses contos[5], sendo que oitenta e um foram escritos num espaço de apenas seis anos, entre 1924 e 1930. Em seu primeiro livro, *Kanjo soshoku*, 1926 [*Decoração de sensibilidade*] reuniu trinta e cinco deles. Como era novidade na época, muitos escritores tentaram criar os seus "contos da palma da mão", porém os de Kawabata foram praticamente os únicos que sobreviveram. Por ser

---

4. Tradução de Neide Nagae. Estação Liberdade, 2004.

5. O número pode variar de acordo com o pesquisador. Toshio Matsuzaka indicou 127, em 1968, enquanto Izumi Hasegawa identificou 146 em *Tanagokoro no shosetsu ron*, 1977. Uma revisão posterior apontou 148.

breve, essa forma de escrita exigia do autor uma acurada sensibilidade desde sua estruturação até a escolha de cada palavra, a fim de obter um resultado de conteúdo denso e convincente. Hoje, eles são considerados um manancial de onde se originou a literatura de Kawabata.

O escritor, que não falava outra língua e lia inglês com dificuldade, conheceu o *Ulisses* de James Joyce, embora se apoiasse na tradução japonesa dessa obra, que data do início dos anos de 1930. Consequentemente, suas obras de tendências joycianas apareceram nessa época, como os romances *Hari to garasu to kiri*, 1930 [*Agulhas, vidro e nevoeiro*] e *Suisho genso*, 1931 [*Fantasia cristalina*]. Em ambas, o fluxo de consciência do personagem central desenvolve-se com naturalidade, demonstrando total domínio da técnica de livre associação. As passagens de um tópico a outro são particularmente notáveis por suas imagens surpreendentes: o que é apenas mais uma confirmação, se isto é necessário, de que Kawabata via o mundo com os olhos de um pintor (Lewell, 1993, p. 154).

Período do País das neves

Kawabata escreveu um número bem reduzido de obras neste período, além do romance *O país das neves*, considerado uma obra-prima da literatura moderna japonesa.

Em oposição ao arrebatamento da genialidade e variadas técnicas expressivas presentes no período anterior, passou a aprofundar-se na análise psicológica de seus personagens. A sensibilidade lírica cultivada pela leitura das obras clássicas japonesas e seu amor às viagens e à natureza, mesclados com a esmerada perícia expressiva do *Shinkankakuha*, resultaram numa riqueza narrativa de rara beleza (Ema, 1985, p. 198).

Em 1934, Kawabata foi convidado a participar do Bungei Kondan Kai (Grupo de Debate da Literatura), uma organização semigovernamental por meio da qual as autoridades mantinham vigilância sobre as produções artísticas do país. Em sua "Autobiografia literária" de 1934, conta que ficou impressionado ao comparecer à primeira reunião, onde encontrou os mais respeitáveis homens da literatura japonesa da época, como Toson Shimazaki (1872-1943), "todos eles eram pelo menos dez anos mais velhos do que eu. Da minha idade só constava o nome de Yokomitsu, que estava ausente." Parece que Kawabata não teve escrúpulos quanto às implicações sinistras de tal grupo e sendo ele próprio um escritor não maculado pela ideologia política, apesar de sua afirmação de que "minhas obras escondem traços de imoralidade", foi aceito pelo governo como um representante seguro da comunidade literária. Sua participação na vida pública aumentou quando foi indicado para ser membro do júri do Prêmio Akutagawa de Literatura, instituído em 1935, posição que lhe conferiu considerável autoridade no mundo literário japonês, prestígio que perdura até os dias atuais. Entre outros membros do júri, encontravam-se Jun'ichiro Tanizaki (1886-1965), Haruo Sato (1892-1964)[6], Riichi Yokomitsu e Kan Kikuchi, o representante da editora patrocinadora Bungei Shunju.

Existem controvérsias quanto à concessão do primeiro Prêmio Akutagawa em 1935. O candidato mais aclamado era Osamu Dazai (1909-1948) com seu romance *Gyakko*, 1935 [*Contramão*], porém, devido principalmente à firme oposição de Kawabata, o prêmio fora concedido para Tatsuzo Ishikawa (1905-1985), o autor de *Sobo*, 1935 [*Os imigrantes*]. Segundo Lewell (1993, p. 155), Kawabata acreditava que uma obra literária naturalmente contribuiria para o enobrecimento espiritual do homem, caso seu autor tivesse uma qualidade espiritual digna em sua vida real. A vida de Dazai era notadamente um caos, atravancada de dívidas, drogas, tentativas fracassadas de suicídio e, portanto, segundo Kawabata, sua obra era espiritualmente inferior. Conta-se ainda que, ressentido com a atitude intransigente de Kawabata e

---

6. Haruo Sato: poeta e escritor de tendência esteticista.

sentindo-se prejudicado em sua carreira literária, Dazai fez referências maliciosas sobre "Kinju", 1933 ["Pássaros e bichos"], de Kawabata, apontando que a história de um homem que coloca animais mortos num guarda-louças era mais neurótica que qualquer assunto de suas próprias criações.

Nos anos que precederam a publicação de "Kinju", Kawabata vivia cercado de cães e passarinhos, declarando sua preferência em conviver com animais em detrimento dos seres humanos. "Pretendia escrever algo nojento e consegui. Por isso, quando os críticos a elogiam, até considerando-a bela, eu me sinto desgostoso", explica em sua "Autobiografia literária". E, mais tarde, classificou-a como uma de suas criações mais detestáveis (Fukuda, 1990, p. 142).

O país das neves é sem dúvida um dos romances mais importantes de Kawabata e quiçá da literatura moderna japonesa. Foi publicado entre os anos de 1935 e 1937 em capítulos separados e até em revistas diferentes, como se fossem contos independentes. Embora a obra tenha saído em 1937, o romance só tomou sua forma definitiva em 1947. Isto foi possível devido à estrutura, ou mais precisamente à ausência de estrutura, questão muito discutida em estudos sobre o autor. Nesse particular, Lewell esclarece que:

sua obra nunca deve ser abordada com a expectativa de se encontrar uma estreita aderência com as unidades aristotélicas [...] Kawabata raramente estruturou seus romances com um começo, um meio e um fim, preferindo desenvolver uma rica textura linear, algo como versos encadeados. O uso desta técnica confere à sua obra um evidente sabor, uma fragrância oriental, tornando-a mais próxima ao espírito de *Genji monogatari* [*A história de Genji*] ou *Makurano soshi* [*Crônicas de travesseiro*] que dos romances modernistas de Joyce ou Woolf. (1993, p. 154).

O país das neves contém quatro personagens principais: Shimamura, um crítico diletante de balé ocidental que gosta de se libertar ocasionalmente de sua esposa e filhos para visitar regiões montanhosas; Komako, uma gueixa do interior que se apaixona por Shimamura; Yoko, a adolescente meiga cuja beleza provinciana cativa o crítico de balé; e o ex-namorado de Komako e atual de Yoko, gravemente enfermo e já bastante debilitado. Num estilo aparentemente despojado, mas que, no caso, constitui uma linguagem requintada, Kawabata nos mostra a beleza das trágicas relações, o amor de cada um que se apresenta espontâneo e sem qualquer esperança de recompensa. O resultado é uma bela narrativa e, no entanto, emocionalmente frustrante, pois em lugar de paixões exaltantes, o "desperdício" de tanto amor e sacrifício conduz o leitor a um estado de depressão (Lewell, 1993, p. 156).

Em 1938, Kawabata foi contratado pela empresa jornalística Mainichi Shinbun para escrever uma série de reportagens sobre o campeonato de *go*[7] que se realizava entre o Mestre Supremo Shusai e seu desafiante Kitani Minoru. Havia anos, Kawabata ganhara a reputação de ser muito hábil neste jogo e foi com grande interesse que se dedicou a essa tarefa durante os cerca de três meses de competição, até que houve a decisão em favor de Kitani. A morte de Shusai, em 1940, impeliu Kawabata a transformar as reportagens em um romance, tarefa que o ocupou por mais de uma década. O resultado se consolidou em *Meijin*, 1954 [*O mestre de go*], considerada por muitos como uma das obras mais importantes de sua carreira pelo vigor, dignidade e sutileza da narrativa.

Depois da Guerra

Kawabata teve os primeiros contatos com as obras clássicas japonesas ainda no tempo do curso ginasial.

---

7. *Go*: jogo realizado sobre um tabuleiro, usando numerosas pedrinhas de forma lenticular, de cores branca e preta.

"Mesmo sem entender quase nada." Confessaria mais tarde, em *Aishu*, 1947 [*Melancolia*], que ficara deliciado com essas leituras e que certamente o influenciaram. O escritor não escondia sua profunda admiração pelas literaturas budistas e sutras, não tanto como ensinamentos religiosos, mas como "fantasia literária". Confessa:

> Há mais de quinze anos, venho planejando uma obra com o título de *Toho no uta* [*O canto do Oriente*], desejoso de fazê-la meu "canto do cisne". Entoar fantasias de clássicos orientais a meu modo. É possível que eu venha a morrer sem poder escrevê-la, porém quero que saibam, pelo menos, que eu o desejava. Tendo recebido o batismo da literatura moderna do Ocidente, experimentei esboçar algumas imitações, no entanto, sou um oriental desde minha raiz e há mais de quinze anos não perco de vista o caminho que devo trilhar ("Autobiografia literária", p. 98).

Durante os anos de guerra, Kawabata dedicou seu tempo ao estudo de obras clássicas japonesas. Em particular, mergulhou profundamente na releitura de *Genji monogatari* e descobriu surpreso que a concepção de vida que transpassa esse romance de mais de dez séculos apresentava-se em estreita consonância com a sua — essa visão, basicamente, de infinito amor e compaixão para com o ser humano.[8] O escritor declarou em seu discurso de despedida no funeral de Riichi Yokomitsu (1946): "Considero-me uma pessoa já morta e creio que não escreverei mais nenhuma linha, a não ser descrevendo a beleza de nosso pobre país", e reafirmou esta sua posição em *Aishu*: "Só me resta retornar ao seio da melancolia própria de nossos ancestrais. Eu não creio nos chamados 'aspectos sociais' do pós-guerra, nem no novo estilo de vida em voga. Certamente não creio também na 'realidade'."

Assistindo à reconstrução do país após a devastação provocada pela Segunda Guerra Mundial, Kawabata viu com perplexidade, na onda de franca ocidentalização, um distanciamento inevitável daquilo que havia de melhor na cultura tradicional japonesa. Isto não significa que se refugiou no passado em detrimento da luta dos concidadãos em busca de uma condição de vida mais digna. O escritor encontrava identificação na alma dos antepassados japoneses, no modo de viver em harmonia com a natureza, reconhecendo as forças superiores que estabelecem uma ordem no curso natural dos acontecimentos. Era o vislumbrar da beleza revelada na fragilidade e fugacidade da impermanência.

---

8. Kawabata desenvolveu esta tese em seu discurso comemorativo quando do recebimento do Prêmio Nobel.

No entanto, o terceiro período, que se inicia com o final da Segunda Guerra, foi fértil para o romancista. Tendo escrito o romance sobre *go*, era de se supor que seguiria escrevendo outras obras que tratassem com especial destaque um ou outro tema da cultura tradicional do Japão. De fato, *Mil tsurus*[9] (*Senbazuru*, 1949-1951) ressalta a cerimônia do chá e foi publicado mesmo antes de terminar o *Meijin*.

Nesse romance, o envolvimento dos protagonistas com a cerimônia do chá proporciona um contexto conveniente para a narrativa e a tônica principal está no contraste entre a longevidade da arte e a brevidade da vida. Escrita com apelo às leitoras de revistas femininas, a história apresenta um enredo melodramático, razão pela qual alguns críticos lhe atribuem um valor literário inferior. O próprio autor comentou que pretendia escrever apenas um conto com o mesmo título, determinado pela cena inicial na qual uma jovem surge carregando um embrulho de *furoshiki*[10] de seda rósea com a estampa de *senbazuru*[11] branco.

Segundo Kenkichi Yamamoto (1986, p. 168), o universo de *Mil tsurus* é um mundo de culto ao Belo. A personagem

---

9. Tradução de Drik Sada. Estação Liberdade, 2008.

10. Tecido quadrado próprio para embrulhar e carregar objetos.

11. *Senba*: mil pássaros; *zuru/tsuru*: grou. Costuma-se traduzir erroneamente por garça ou cegonha. Ave pernalta de 1,50 m de altura que habita o norte do Japão. A estampa de *senbazuru* é usada como um motivo tradicional de decoração.

central, senhora Ota, fora criada em função da imagem e do contato suave proporcionados por uma tigela de Shino[12] para a cerimônia do chá. Como se fosse uma personificação dessa tigela, a mulher cerca-se de uma aura sobrenatural. Todavia não foi intenção do autor exaltar a beleza, a importância da arte do chá como uma tradição imortal. Pelo contrário, como aponta Yukio Mishima (1968, p. 527), o verdadeiro valor está na ironia de Kawabata em relação às artes tradicionais vulgarizadas. Esse aspecto está simbolizado pela figura da mestra da *chanoyu* (cerimônia do chá), a vulgar Chikako Kurimoto, aliás, a única personagem que recebe uma descrição viva e real nessa história constituída de personagens e situações irreais. Através dela, a nobre arte do caminho do chá torna-se uma prática de atividades banais: ela usa a reunião do chá para a apresentação dos pretendentes a casamento; seu conhecimento sobre a estética dos utensílios não passa de informações necessárias ao exercício de sua profissão; esses utensílios, alguns com mais de trezentos anos, têm passado de mão em mão, guardando os segredos das mais sórdidas paixões e escândalos. Na sala do chá, onde

---

12. Cerâmica Shino: criada por Soshin Shino (final do séc. XVI a início do séc. XVII), na maioria utensílios de chá. Caracteriza-se por um aspecto rústico, de argila branca rica em ferro, que pelo efeito da cobertura vitrificante ganha tonalidades variadas, embora sempre sóbrias.

deveria reinar o espírito de harmonia, respeito, pureza e tranquilidade (princípios básicos do espírito da *chanoyu*), ouvem-se fofocas e calúnias, além de o local servir para encontros amorosos secretos.

A única figura neste contexto todo que proporciona uma sensação de limpidez e frescor é a jovem do *furoshiki* com estampa de *senbazuru* em branco. No cenário em que a pequenez ou a sordidez das preocupações terrenas prendem os protagonistas, a grande ave *tsuru*, considerada símbolo da nobreza e felicidade na tradição japonesa, parece alçar seu voo em sinal de distanciamento e elevação de espírito.

O romance *Mil tsurus* é uma obra representativa do último período do escritor, no qual se dedicava a exprimir sua visão estética enriquecida pelo profundo conhecimento da cultura antiga e tradicional de seu país. Seu universo criativo muitas vezes era obscuro e cruel, como não poderia deixar de ser, segundo sua percepção, a realidade da vida. A crueza grotesca dos episódios é amenizada e até se torna bela pelo modo como o autor a exprime em seu estilo peculiar, mesclado ora de fria objetividade ora de um lirismo romanesco. Ao escolher o mundo da *chanoyu* para servir de palco da narrativa, Kawabata expressa sua amargura quanto à decadência da sensibilidade estética cultuada e aperfeiçoada ao longo da história da civilização japonesa.

No final dos anos de 1940 inicia-se o período mais produtivo da carreira de Kawabata. Em 1948, elegeu-se quarto presidente do PEN Club[13] japonês, posto que lhe deu a oportunidade de encontrar e corresponder-se com muitos literatos estrangeiros. Enquanto se dedicava à divulgação da literatura japonesa no âmbito internacional, produziu novas obras que muitos críticos consideram das mais importantes de sua carreira: *Yama no oto*, 1949-1954 [*O som da montanha*] e *A casa das belas adormecidas*[14] (*Nemureru bijo*, 1961).

Yama no oto foi escrito paralelamente a *Mil tsurus*, publicado em capítulos em uma revista mensal ao longo de cinco anos. É um romance admiravelmente bem estruturado, que fala sobre a vida doméstica comum, mesclada a mensagens filosóficas. Há um sentido atemporal de segurança e bem-estar no lar de Shingo, o velho chefe da família, composto de confortos simples da vida cotidiana que, de tempos em tempos, é abalada por frios prenúncios do destino. Em seus raros momentos de solidão, Shingo ouve "o som da montanha", claramente uma premonição de morte que somente se desvanece quando um membro de sua família lhe traz algum novo

---

13. Abreviação de The International Association of Poets, Playwrights, Editors, Essayists and Novelists.

14. Tradução de Meiko Shimon. Estação Liberdade, 2004.

problema doméstico a ser resolvido. Com considerável sensibilidade, Shingo trata cada problema em seu próprio tempo. Sua personalidade equilibrada e sua afeição para com a terna e infeliz nora proporcionam um ambiente narrativo sereno e ao mesmo tempo comovente (Lewell, 1993, p. 158).

O contrário do que foi dito a respeito de *Yama no oto* aplica-se a *A casa das belas adormecidas*, a mais opressiva e esotérica história criada por Kawabata. Um homem idoso frequenta um bordel onde despende a noite com moças que, sob efeito de narcóticos, estão em sono profundo. Desde o momento em que ele, Eguchi, ingressa nessa casa administrada por uma velha até o clímax aterrador, quando uma moça morre enquanto dorme, a narrativa é pungente e profundamente envolvente. Mais uma vez, como o autor fizera em outras ocasiões, seu tema é de culto ao belo e ao amor impossível — as moças são virgens e os visitantes são proibidos de maculá-las. Em toda narrativa predomina um erotismo expressivo e angustiante, embora sutil, idealizado numa visão surrealista. O nome do protagonista central, Eguchi, lembra a obra do século XIV *Towazugatari* [*Confissões de Lady Nijo*][15],

---

15. O título original significa literalmente "Contar sem ser perguntado". Crônica de caráter confessional escrita por Nijo (1257- ?), concluída por volta de 1309.

82

na qual o poeta Saigyo[16], já idoso, visita uma cortesã no bairro de diversão Eguchi-no-sato.

Num período de grande produtividade, que começa nos anos de 1960, Kawabata publicou vários trabalhos de ficção e ensaios. Entre eles, os mais importantes são *Kyoto*[17] (*Koto*, 1962) e *Beleza e tristeza* (*Utsukushisa to kanashimi to*, 1965), além de um romance curto e surrealista *Kataude*, 1964 [*Um braço*]. O primeiro destes fora um dos três romances citados quando Kawabata recebeu o Prêmio Nobel. Ambientado na Kyoto do pós-guerra, o livro conta como Chieko, filha adotiva de um comerciante de quimonos, descobre sua irmã gêmea desaparecida, Naeko. De certa maneira, essa é uma história de amor feminino escrita em um ritmo ligeiro que harmoniza o tema e o ambiente tradicional japonês. É essencialmente um "romance do local", na visão do autor, ressaltando todos os aspectos mais atraentes de Kyoto, cidade que foi capital do Japão por cerca de mil anos. O foco da narrativa desloca-se gradativamente de uma personagem para outra, do pai adotivo para Chieko, e desta para Naeko, que cresceu e trabalha num bosque de cedro da periferia da cidade (Lewell, 1993, p. 160). O enredo é simples e,

---

16. Saigyo: poeta e monge budista (1118-1190).
17. Tradução de Meiko Shimon. Estação Liberdade, 2006.

na avaliação de Lewell, deliciosamente inconcluso. De fato, *Kyoto* é um deliberado anacronismo, desde a caracterização das personagens até os dilemas vividos pelos jovens protagonistas. O autor conseguiu recriar uma bela relíquia do passado (Lewell, 1993, p. 160).

Beleza e tristeza é um melodrama complexo, explorando a ideia de que a verdadeira beleza está sempre associada ao *páthos* e vice-versa. Embora a trama seja um tanto inverossímil em conflitos amorosos que envolvem o pai, o filho, a ex-amante do pai e a bela discípula desta última, o resultado alcançado foi de um elevado nível de entretenimento, sendo seus principais ingredientes a luxúria, o ciúme e a vingança. Além disso, o título do romance é extremamente sugestivo — Lewell cita a opinião de Makoto Ueda, que afirma: "muitas obras de Kawabata poderiam ser reintituladas de 'Beleza e tristeza' — pois são raras as ocasiões em que o escritor não evocava a tristeza da beleza; ele buscava a beleza da tristeza" (Lewell, 1993, p. 155).

Kataude é sem dúvida uma das obras máximas do caráter surrealista de Kawabata. A extraordinária história de um homem maduro com um braço desmembrado de uma mulher — o romance começa: "'Vou deixar você levar um braço meu por esta noite', dizia a moça..." — é uma reminiscência erótica de Shimamura em *O país das neves*, no qual "seu dedo lembrava melhor do que tudo" os momentos de paixão entre ele e Komako. Entretanto, a concepção de *Kataude* é uma extensão lógica do tema original que o escritor explora constantemente: o amor insatisfeito e impossível.

Depois desses trabalhos, Kawabata ainda escreveu algumas ficções significativas, como "Tanpopo", 1964-1968 ["Dentes-de-leão"], incompleto, e "Sumidagawa", 1971 ["Rio Sumida"], última parte da trilogia *Sumiyoshi* [*Sumiyoshi*] iniciada em 1947, que vem chamando cada vez mais a atenção dos pesquisadores, devido principalmente a sua ligação com as obras clássicas japonesas, sobretudo com *Genji monogatari* e as peças de teatro nô.

De um modo geral, os romances de grande extensão de Kawabata são empreendimentos majestosos, especialmente notáveis pela consistência do estilo e sua visão de mundo que ultrapassa os limites do imaginário. Todavia, como muitos escritores japoneses, ele sentia maior segurança quando trabalhava com textos pequenos. O próprio *O país das neves* é um romance de um só fôlego. Já sua obra mais extensa, o incoerente folhetim *Tokyo no hito*, 1954-55 [*O homem de Tóquio*], é geralmente citada como uma de suas menos satisfatórias. As obras mais típicas de seu gênio, certamente, seriam os *Contos da palma da mão*, que ele produziu ao longo de sua carreira em especiais momentos de inspiração. Apesar de serem as mais curtas de sua narrativa breve, muitas delas compostas de umas poucas linhas em prosa, isso não significa que sejam obras "menores" (Lewell, 1993, p. 160, 61).

O Prêmio Nobel de Literatura, conferido a ele em 1968, representa um reconhecimento do Ocidente, que soube valorizar sua literatura e seu trabalho como vice-presidente internacional do PEN Club. Sua palestra comemorativa na ocasião de recebimento do Nobel "Utsukushii Nihon no watakushi" ["O belo Japão e eu"] e outras proferidas posteriormente versando sobre o mesmo tema, como "Bi no sonzai to hakken", 1969 ["A presença e o descobrimento da beleza"], comprovam sua visão de mundo fundamentada na concepção da estética japonesa tradicional.

Postura criativa

Afirmou-se no início deste texto que Kawabata considerava o verso a essência da consciência estética japonesa tradicional:

Setsu-getsu-ka no toki, mottomo tomo o omou
(Nos momentos da neve, da lua e das flores, mais penso nos amigos).

O crítico Kenkichi Yamamoto (1991) conta que, ao ser indagado quanto à autoria deste poema, Kawabata respondera: "E eu com isso!" Yamamoto interpreta o episódio como uma mostra da postura do escritor perante a literatura: a importância da visão do criador não está na precisão dos nomes e dados, mas na capacidade de evocar a emoção no coração sensibilizado pelas palavras (Yamamoto, 1991, p. 55). Recebeu também críticas por ter citado um poema chinês para ilustrar a alma japonesa, contudo, desde que os poemas de Haku Kyo I[18] (772-846) foram introduzidos no Japão decorreram mais de mil anos e, nesse ínterim, os conceitos poéticos e estéticos adquiriram valores próprios no ambiente japonês, tal como foi dito por Kawabata.

Em sua "Autobiografia literária", o autor confessa ser um preguiçoso incorrigível, a ponto de deixar muitas obras inacabadas e não poucas abandonadas logo no início. Ele explica que sempre foi muito relutante em iniciar sua tarefa de criação: "Começo a primeira linha ao me sentir no extremo do desespero, sem ter outra alternativa a não ser começar. Eu abandono a esperança de querer criar algo bom" (Kawabata, 1976, p. 101). Por isso, não gostava de reler sua própria criação e só

---

18. Leitura japonesa do poeta chinês Bai Juyi.

a revisava por ocasião da publicação em livros. Também não se preocupava muito com as críticas sobre suas obras. Apesar disso, segundo Yamamoto, seus seriados eram escritos pela absoluta necessidade íntima do criador e jamais pelo sucesso ou insucesso junto aos leitores. De fato, há exemplos como o de *Asakusa Kurenai-dan* [*Gangues carmesim de Asakusa*], que foi interrompido no auge de seu sucesso. Caso fossem questionados os destinos de personagens das suas criações inacabadas, certamente Kawabata responderia: "E eu com isso!" (Yamamoto, 1991, p. 56).

O estilo literário de Yukio Mishima era considerado semelhante ao de Kawabata, porém há uma diferença fundamental. Era sabido que, ao iniciar a primeira linha de sua obra, Mishima tinha em mente quase toda a narrativa estruturada, enquanto Kawabata não só desconhecia o assunto que pretendia desenvolver em sua nova obra, como também a sua estrutura (Yamamoto, 1991, p. 57). Essa atitude aparentemente relapsa tem intrigado os pesquisadores. O próprio Kawabata tenta explicá-la por seu estilo de seguir os fluxos da livre associação, estilo esse que, talvez, tenha adquirido pela influência das obras clássicas japonesas, com que tivera os primeiros contatos ainda na adolescência.

Já foi citada neste trabalho a admiração de Kawabata pelo *Genji monogatari*, que considerava a obra máxima da literatura japonesa. No entanto, em *Presença e descobrimento do Belo* (1969), ele conta que, quando deixava a difícil leitura de *Genji* e passava para *Makura no soshi* [*Crônicas de travesseiro*], sentia um encanto revigorante, como se tivesse se libertado. Kawabata não poupa elogios: "*Makura no soshi* era suave, vivaz, brilhante, espirituosa e animadora. Sua sensibilidade e beleza sensorial são acuradas e inovadoras, o revoar da associação de ideias levava-me a esvoaçar livremente pelo universo imaginário." Reconhece que seu próprio estilo literário se aproxima dessa crônica clássica (1969, p. 211), que reúne uma centena de artigos soltos, aparentemente sem muita relação um com o outro, mas que em seu conjunto constitui um universo único, vivo e resplandecente de vida humana.

Contudo, na visão de mundo e nos sensos estéticos fundamentados no espírito de *monono aware* de *Genji monogatari* é que Kawabata encontrou o seu ideal criativo de harmonia e perfeição. Essa narrativa do século XI possui uma estrutura que permite a cada um dos cinquenta e quatro capítulos ser apreciado como um conto independente, característica muito frequente nos romances de Kawabata, sendo uma das razões pelas quais ele é apontado como seguidor de estilos tradicionais da narrativa clássica japonesa.

O SÉCULO DE KAWABATA

Todavia, essas influências externas não seriam totalmente esclarecedoras na questão chamada "ausência de estrutura" da literatura de Kawabata.[19] Seria necessária, talvez, uma minuciosa e profunda investigação das circunstâncias pelas quais várias obras haviam sido abandonadas, o que foge totalmente do objetivo deste trabalho. Já suas narrativas curtas, em especial os *Contos da palma da mão*, revelam um cuidadoso trabalho de estruturação. É possível, portanto, submetê-los a uma perspectiva de análise diferente das ficções longas.

A grandeza do empreendimento de Kawabata, muito maior que a magnitude de suas obras individuais, tende a eclipsar os acontecimentos relevantes de sua vida particular (Lewell, 1993, p. 161). Ele carregou o fardo de um homem solitário: embora tenha casado em 1926 (oficializando a relação somente em 1931) e adotado uma filha em 1943, o ar de pessoa desamparada sempre o acompanhou. Ainda que tenha declarado mais de uma vez: "Eu nunca admiro, nem sou simpatizante do suicídio", ele morreu presumivelmente por suas próprias mãos, em 16 de abril de 1972.

Em suas últimas obras, Yasunari Kawabata procurou exprimir a angústia e a frustração da alma livre e singela

---

19. Cf. Yukio Mishima, 1991, p. 28 e John Lewell, 1993, p. 154.

do homem, tal como teria sido na era clássica japonesa — anterior ao século VIII — em que se convivia em harmonia e gratidão com a natureza (inclusive a natureza humana), características que se perderam no labirinto da difícil tarefa de "viver" do homem moderno.

Referências bibliográficas

DE YASUNARI KAWABATA

Bungakuteki jijoden. In: *Kawabata Yasunari Zenshu* [Obras completas de Yasunari Kawabata]. v. 13. Tóquio: Shinchosha, 1976.

Watakushi no kangae. In: *Kawabata Yasunari Zenshu* [Obras completas de Yasunari Kawabata]. v. 13. Tóquio: Shinchosha, 1976.

Bi no sonzai to hakken – The Existence and Discovery of beauty [Presença e descobrimento do Belo]. Tóquio: Mainichi Shinbunsha, 1969. (Trad. Valdo H. Viglielmo).

OUTROS AUTORES

EMA, Tsutomu, TANIYAMA, Shigeru et al. *Shinshu kokugo soran*. Kyoto: Kyoto Shobo, 1985.

FUKUDA, Kiyoto, ITAGAKI, Shin. *Kawabata Yasunari.* In: NOMURA, Hisaya. *Hito to sakuhin.* Tóquio: Shimizu Shoin, 1990. v. 20.

KEENE, Donald. *Nihon bungaku no rekishi.* Tóquio: Chuokoronsha, 1996. v. 13. (Trad. Tokuoka Takao).

LEWELL, John. Kawabata Yasunari. In: *Modern Japanese Novelists:* A Biographical Dictionary. Tóquio: Kodansha International, 1993.

MATSUZAKA, Tossio. *Kawabata Yasunari 'Tanagokorono shosetsu' kenkyu.* Tóquio: Kyoiku Shuppan Senta, 1983.

MISHIMA, Yukio. Kaisetsu. In: KAWABATA, Yasunari. *Kawabata Yasunari sakuhin senshu.* Tóquio: Chuokoronsha, 1968.

YAMAMOTO, Kenkichi. Zettai zetsumei no kyo. In: TAKUBO, Hideo; ITO, Sei et al. *Nihon no sakka.* Tóquio: Shogakkan, 1991. v.13.

YOSHIMURA, Teiji. *Kawabata Yasunari:* Bi to dento. Tóquio: Gakugei Shorin, 1968.

Cronologia de Yasunari Kawabata[1]

1899 14 de junho: nasce Yasunari Kawabata na cidade de Osaka. Filho do médico Eikichi Kawabata e de Gen Kawabata. Sua irmã, Yoshiko, tem então quatro anos.

1901 Janeiro: morre Eikichi, e com sua morte a família muda-se para Toyosato, pequena cidade na província de Osaka.

1902 Janeiro: exatamente um ano após perder o pai, morre Gen, mãe do escritor. Kawabata passa então a viver com os avós maternos, em Toyokawa, outra pequena cidade em Osaka.

1906 Ingressa na Escola Toyokawa. Setembro: morre sua avó.

1909 Julho: morre sua irmã Yoshiko, com apenas quatorze anos.

---

1. Fontes: Fukuda Kiyoto. "Cronologia", 1990; Kawabata Kaori. "Cronologia de Yasunari Kawabata", 1991. A indicação das obras principais não inclui *os Contos da palma da mão*.

1912 Ingressa no Colégio Ibaraki, em Ibaraki, Província de Osaka. Começa a se interessar por literatura e a escrever poemas.

1914 Maio: morre seu avô. Passa a viver na casa de parentes maternos. Escreve "Juroku-sai no nikki" ["Diário dos meus dezesseis anos"].

1915 Janeiro: torna-se interno do Colégio Ibaraki. Escreve contos e os publica em jornais e revistas locais.

1917 Setembro: entra no Dai-ichi Koto Gakko (Primeiro Colégio Superior), de Tóquio, no curso de Literatura Inglesa. Passa a morar no internato do colégio.

1918 Visita pela primeira vez a península de Izu e convive com um grupo de artistas ambulantes. Tornará a visitar as estações termais de Yugashima nos dez anos seguintes.

1919 Publica "Chiyo" ["Chiyo"] em um periódico literário do seu colégio.

1920 Setembro: ingressa na Faculdade de Letras da Universidade Imperial de Tóquio, para cursar Literatura Inglesa. Participa da reestruturação do periódico literário da faculdade, *Shinshicho* (*Novas ideologias*). Conhece Kan Kikuchi.

1921 Abril: publica "Shokonsai ikkei" ["Uma cena do festival de evocação aos espíritos"] em *Shinshicho* nº 2.

Conhece Ryunosuke Akutagawa e Riichi Yokomitsu. Fica noivo de Hatsuyo Ito. Rompe com a noiva logo em seguida.

1922 Junho: transfere-se para o curso de Literatura Japonesa. Escreve *Yugashima no omoide* [*Recordações de Yugashima*]. Inicia a composição de ficções curtas e artigos de crítica literária.

1923 Maio: participa da criação do periódico *Bungei Shunju* (*Quatro estações da arte literária*) a convite de Kan Kikuchi. Publica "Kaiso no meijin" ["Mestre dos funerais"], em *Bungei Shunju*.

1924 Forma-se em Letras pela Universidade Imperial de Tóquio. Participa da criação do periódico *Bungei Jidai* (*Era da arte literária*). Inicia, com outros jovens escritores, o movimento de *Shinkankakuha* — corrente neossensorialista que visava uma revolução nas letras japonesas e uma nova estética literária, deixando de lado o realismo em voga no Japão em prol de uma escrita lírica, impressionista, atravessada por imagens nada convencionais.

1925 Agosto: publica no *Bungei Shunju* o conto "Jurokusai no nikki". Passa quase todo o ano em Yugashima.

1926 Fevereiro: publica no periódico *Bungei Jidai* a novela *Izu no odoriko* (*A dançarina de Izu*).

95

Junho: no mesmo suplemento publica *Kanjo soshoku* (*Decoração de sensibilidade*). Em Tóquio, passa a viver com Hideko Matsubayashi, que conheceu no ano anterior e com quem se casaria mais tarde. Escreve o roteiro do filme *Kurutta ichi peiji* [*Uma página louca*] e participa de sua produção. Setembro: muda-se para Yugashima, na península de Izu.

1927 Julho: retorna a Tóquio. Escreve seu primeiro livro publicado em série em jornal: *Umi no himatsuri* [*A festa do fogo no mar*]. Em dezembro, muda-se para Atami.

1928 Maio: muda-se para Omori, em Tóquio, onde havia a *Bunshi-mura* (Vila dos escritores).

1929 Setembro: muda-se para Ueno, em Tóquio, e começa a frequentar os teatros de revista de Asakusa. A partir desse fato nasce a série *Asakusa Kurenai-dan* [*A Gangue Escarlate de Asakusa*], publicada de dezembro a fevereiro do ano seguinte. Participa da criação do periódico *Bungaku* (*Literatura*).

1930 Abril: publica *Boku no hyohon shitsu* [*Minha sala de amostras*]. Novembro: "Hari to garasu to kiri" ["Agulha, vidro e nevoeiro"]. Torna-se professor convidado de Literatura Japonesa do Instituto Bunka Gakuin, e da Universidade Nihon.

CRONOLOGIA DE YASUNARI KAWABATA

1931 Janeiro: *Suisho genso* [*Fantasia cristalina*]. Começa a criar cães. Dezembro: oficializa o casamento com Hideko.

1932 Fevereiro: *Jojoka* [*O canto lírico*]. Além de cães, cria pássaros em sua casa.

1933 Julho: "Kinju" ["Pássaros e bichos"]. Dezembro: *Matsugo no me* [*O olhar que expira*]. Participa da criação do periódico *Bungakukai* (*Mundo literário*).

1934 Janeiro: é convidado a participar do Grupo de Debate da Literatura. Maio: "Bungakuteki jijoden" ["Autobiografia literária"]. Dezembro: visita pela primeira vez a estação termal de Yusawa, o palco de *O país das neves* (*Yukiguni*).

1935 Começa a publicar os capítulos de *O país das neves*. Torna-se membro do júri do Prêmio Akutagawa. Dezembro: muda-se para Kamakura.

1937 Junho: reúne os capítulos acabados e publica a primeira versão de *O país das neves*, pelo qual recebe o Prêmio do Grupo de Debate da Literatura. Adquire uma casa de veraneio em Karuizawa, onde passará todos os verões até 1945.

1938 Junho a dezembro: acompanha campeonato de *go* para fazer reportagens jornalísticas.

1941 Nos meses de abril, maio e setembro realiza duas viagens para a Manchúria no ofício de repórter. Outubro: por conta própria excursiona pela mesma Manchúria e pela China, regressando no mês seguinte.

1942 É um dos criadores do jornal *Yakumo*, onde assume o cargo de editor. Publica *Meijin* [*O mestre de go*] no primeiro número da publicação, em agosto.

1943 Março: adota Masako, filha de um primo. Começa a escrever a partir de maio o seriado mensal *Koen* [*Terra natal*].

1944 Recebe o Prêmio Kan Kikuchi por *Koen* e outras obras. Lê obras clássicas japonesas.

1945 Maio: cria, em parceria com escritores residentes em Kamakura, a locadora de livros Kamakura Bunko, que no mesmo ano passa a ser a Editora Kamakura Bunko.

1946 Outubro: muda-se para Hase, em Kamakura, onde residirá até o fim de sua vida.

1947 Outubro: escreve o último capítulo de *O país das neves* e publica o ensaio *Aishu* [*Melancolia*] e o conto "Soribashi" ["A ponte arcada"]. Dezembro: morre Riichi Yokomitsu.

1948 Publica o romance *O país das neves*. Março: morre Kan Kikuchi. Maio: escreve o "Posfácio" de suas

Obras Completas (16 volumes, Shinchosha) e dá início à publicação serial de *Shonen* [*O adolescente*] em *Ningen*, que vai até março de 1949. Junho: assume a presidência do PEN Club japonês.

1949 Abril: publica *Sumiyoshi* [*Sumiyoshi*], uma continuação de *Soribashi*. Maio: começa a publicação dos capítulos de *Mil tsurus* (*Senbazuru*), que se estenderá até outubro de 1951. Setembro: inicia a divulgação do romance *Yama no oto* [*O som da montanha*], série que vai até abril de 1954. A saúde do escritor começa a se debilitar.

1952 Recebe o Prêmio da Academia de Arte do Japão por *Mil tsurus*. Janeiro: inicia o seriado *Hi mo tsuki mo* [*Pelo sol e pela lua*].

1953 Abril: escreve *Nami chidori* [*Tarambolas nas ondas*], uma continuação de *Mil tsurus*. Novembro: torna-se membro da Academia de Arte.

1954 Janeiro a dezembro: publicação em forma de folhetim de *Mizuumi* [*O lago*]. Abril: recebe o Prêmio Noma de Literatura por *Yama no oto*. Maio: conclui *Meijin*.

1957 Março: visita a Europa pela primeira vez. Setembro: realiza-se em Tóquio e Kyoto o 29º Encontro Internacional do PEN Club.

1958 Fevereiro: assume a vice-presidência do PEN Club internacional. Novembro: submete-se a uma cirurgia de cálculo renal.

1960 Janeiro: começa a publicar em série *A casa das belas adormecidas* (*Nemureru bijo*), publicação interrompida em junho. Viaja aos Estados Unidos e ao Brasil. Em São Paulo participa do Encontro do PEN Club.

1961 Janeiro: retoma a escritura de *A casa das belas adormecidas*, concluído em novembro. Inicia também o seriado *Utsukushisa to kanashimi to* [*Beleza e tristeza*]. Outubro: inicia *Kyoto* (*Koto*). Novembro: é condecorado com a Ordem da Cultura.

1962 Fevereiro: é internado para desintoxicação causada pela dependência de soníferos. Novembro: recebe o Prêmio Mainichi de Cultura por *A casa das belas adormecidas*.

1963 Agosto: inicia o romance *Kataude* [*Um braço*].

1964 Junho: começa a escrever o conto "Tanpopo" ["Dentes-de-leão"], que compõe de forma intermitente até outubro de 71 e o interrompe sem chegar a seu desfecho.

1965 Fevereiro: publica o romance *Utsukushisa to kanashimi to*. Outubro: renuncia à presidência do PEN Club japonês.

CRONOLOGIA DE YASUNARI KAWABATA

1966 Maio: é publicada a coletânea de ensaios *Rakka-rusui* [*Caem flores na água corrente*].

1967 Dezembro: é editada outra coletânea de ensaios *Gekka no mon* [*O portal ao luar*].

1968 Recebe o Prêmio Nobel de Literatura. Seu *laudatio* "Utsukushii Nihon no watakushi" ["O belo Japão e eu"] torna-se célebre.

1969 Março: vai ao Havaí e lá ministra palestras na universidade local.

1971 Novembro: escreve *Sumidagawa* [*Rio Sumida*], concluindo assim a trilogia *Sumiyoshi*. Tem diversos problemas de saúde causados pelo excesso de compromissos públicos.

1972 Março: submete-se a uma cirurgia de apendicite e, por conta disso, sua saúde debilita-se ainda mais. Abril: morre, no dia 16, em decorrência de inalação de gás de cozinha.

Outras obras de Yasunari Kawabata
editadas pela Editora Estação Liberdade

A casa das belas adormecidas (2004)
O país das neves (2004)
Mil tsurus (2006)
Kyoto (2006)
Contos da palma da mão (2008)
O som da montanha (2009)
O lago (2010)
O mestre de go (2011)
A Gangue Escarlate de Asakusa (2013)

ESTE LIVRO FOI COMPOSTO EM ADOBE GATINEAU
CORPO 11 POR 18 E IMPRESSO SOBRE PAPEL OFF-SET
120 g/m² NAS OFICINAS DA ASSAHI GRÁFICA, SÃO
BERNARDO DO CAMPO — SP, EM NOVEMBRO DE 2016